岁月的沙漏

《天涯》杂志社 编

世纪出版集团 上海人民出版社

图书在版编目(CIP)数据

岁月的沙漏/《天涯》杂志社编. 一上海:上海
人民出版社,2012
(世纪文睿人文典藏. 天涯精品)
ISBN 978-7-208-10575-1

Ⅰ.①岁… Ⅱ.①天… Ⅲ.①散文集-中国-当代
②随笔-作品集-中国-当代 Ⅳ.①I267

中国版本图书馆 CIP 数据核字(2012)第 029382 号

世纪文睿出品
Century Literature

出 品 人 邵 敏
责任编辑 张玉贞
封面装帧 赵 瑾

岁月的沙漏
《天涯》杂志社 编

世纪出版集团
上海人民出版社出版
(200001 上海福建中路 193 号 www.ewen.cc)
世纪出版集团发行中心发行
上海景条印刷有限公司印刷
开本 890×1240 1/32 印张 7.5 插页 2 字数 143,000
2012 年 4 月第 1 版 2012 年 4 月第 1 次印刷
ISBN 978-7-208-10575-4/I·984

目 录

祛魅的世界无比荒凉

——序"世纪文睿人文典藏·天涯精品"丛书

孔 见

如果考古的结论值得信任,人类的存在已经十分古老,祖先们在地球表面的活动延续了数百万年时光。在浩茫而无法记忆的日子里,他们一直以采集、游牧或农耕的方式,生活在自然的荫庇之下。他们奉大地为神圣母亲,以谦卑的姿态承接着造物的恩泽,并对其充满敬畏与感激之情;他们与植物一起生长,分享它们的果实;他们的生活与太阳同步,随季节流转,从泥土中来,又回到泥土中去。在他们的眼中,人的生活是大自然浩荡流程中的一条涓细的支脉。

发端于十八世纪的工业革命,和随之而来的市场化进程,带来了巨大的物质实惠,也大大改写了人与自然的关系。集中营似的生产方式,密集的群居生活,得寸进尺地离间大自然与人之间关系,把生产乃至生活过程与自然流程分裂开来,人的存在也从深邃的自然背景中析离出去,沦为一种没有根源的、荒谬的存在。随着生产过程对自然流程破坏程度的加深,原来作为自然之子依偎在大地怀抱里接受哺育的人类,反过来吞噬其母体,使之变得愈来愈羸弱与丑陋,丧失其令人敬畏的神秘性。而脱离自然母体的孤独个体,最终成了繁复政治经济关系的纠结,在利益计较与权力竞争中耗尽心力,过着匮乏灵性与诗意的生活。

与大地同时被祛魅的还有天空。随着在社会生产中作用的不断凸显,科学对世界的解释被合法化、权威化,成为一种占据统治地位的意识形态,给接受驯化的人们洗脑。在科学描绘的图景中,浩瀚天穹里的无数天体,只是一场物质爆炸的碎片,它们在力的作用下莫名地运动着。于是,就像尼采所描绘的那样:诸神退隐,上帝死亡。今天,除了天文学家,人们不再仰望天空,他们回到大地,在滚滚红尘中埋头经营自己的世俗生活,不再寻找形而上的意义,不再过问生命的何去何从。对造物的仰止之情已经被对货币的膜拜所取代。在繁杂吵闹的街市上,卑躬屈膝地捡拾一枚枚铜板,然后爬上喜马拉雅山冰清玉洁的顶峰,昂首挺胸地踩上肮脏的一脚,这就是许多成功人士和当代英雄们所干的事情。

诚然,充满魅惑的世界令人恐惧,但过度祛魅之后,世界变得无比荒凉,变成了一望无际的塔克拉玛干,生命的灵性也失去滋养,成为一种枯萎的存在。而狭隘的进步观念,怂恿我们以背叛过去的方式来建构未来,以毁坏自然的方式来兴盛人文,从而走入一条越来越偏狭的道路。现代化的进程大刀阔斧地删节人类生命的诗意传奇,许多极具想象力的叙事版本正像野生动物一样相继灭绝。由于不断加剧的离间,人与自然之间的亲缘关系也濒临破裂,灾难与末世预言此起彼伏,日益真切,令人惶惶不可终日,仿佛人类的故事已经接近尾声。田园将芜,胡不归。在如此严重的时刻,静下心来品味一下与阳光和水同在,与草木一起成长的经验,阅读正在被删除的生活叙事,即便不能一时扭转排山倒海的局面,也能够够给我们心灵些许的慰藉与安抚,让我们一起在晚霞中结伴踏上回家路。

孔见:学者,现为《天涯》杂志社社长,海南省作家协会主席

歉　疚

阎连科

　　宛若我不知道我的出生年月一样，也说不清我是何年何月开始读书。家在中原的一个偏穷村落，父母计时，一般都依着农历序法，偶然说到公元年月，村人们都要愣怔半晌。在中国乡村，时间如同从日历上撕下的废纸。之所以有着时间，是因着某些事件。事件是年代的标记，如同老人脸上的皱纹标志着的岁月。

　　之所以有着那年的存在，是因着我与二姐在那年一同到一个以庙为校的小学，开始了同班读书。

　　那一年，由一升二的考试，我的语文是 61 分，算术 62 分。60 分及格升级，这个分数，便如一蹴而就的力气，幸运地把我推过了升级的门槛。可这个分数，让我感到稍许羞涩，感到有些难以面对父母。我隐隐有些明白，我的分数偏低，是因了同班的二姐的分数有些偏高。她的语文、算术，都在八十几分。你们试想，倘是她的分数比我

的还低,我的分数也就自然会显山露水,突出高的端倪。

事实正是这理,没有姐的高分,自然是不显弟的低分。

我开始嫉恨二姐。

开始到父母跟前,仰仗兄弟姐妹的排行,以我的最小之势,说些二姐的坏话。开始把她的东西,藏将起来,让她以为丢了,四处翻天找地,直到父母急得骂她,她也开始哭泣,我再做出替她急的样儿,从哪儿将那东西猛地找了出来。

升级开学之前,是个冬天。正月。过了十五。她的书包丢了,找得大汗淋漓,母亲差一点就要打她,我便从她的床头费尽心机、又轻而易举地替她找了出来。望着那个书包,她开始怀疑于我,可又确无证据,最后我们姐弟经过相争吵,她只好给了我一毛钱,作为一种无奈的谢意。

我用那一毛钱,上街买了一个烧饼。直到今天回味那烧饼的味道,它还依然香得让我无以言说。

然而烧饼虽香,可终于还是又要读书。我担心二年级时,仍与二姐同班,那会给我的学习带来莫名的压力。为此,开学那日,我迟迟地不往学校迈步。在学校外边磨蹭得天长地久,如一个害怕对方而不敢登台的懦弱拳手,磨蹭在拳台下边等着意外和侥幸的发生。

也就果然。

那天上午,日光明明丽丽,照着冬后的残雪,如同一面镜子映照着一地的阳光。老师和学生们扫了校园的积雪,走进教室许久,到上课的铃声响得有些不耐烦时,我才迟迟地走到教室门口,恰在这时,就有个亭亭玉立的女性老师,人苗条漂亮,满身都是让人着迷的某种气息。她过来问了我的姓名,把我带到了另外一个教室的门口，说我被调到了她的班里。说把我和二姐分开读书，是为了便于我们姐弟在学习上愈发努力，有可能就更上一层楼去。

那时候，我不知道感谢上帝。不明白命运与人生，原是多么需要偶然与幸运。只是感到女老师能明察秋毫，洞穿人心。那时候，我对学校和教育的感恩之情、油然而生的感激，仿佛温熙的光亮在一个孩子心里的天宽地阔。似乎，我一生命运中的幸运，都从那天开始；当然，不幸也都在那个年代埋下。

今天拉开那个年代的戏幕，呈现的第一场次，就是那天的一个场景。

老师把我领进教室，让我坐在第一排的最中，而我的同桌，奇迹般的，不是一个男的，也不是一个乡村姑娘。她是一个城镇户籍的市民女孩，穿着整洁，皮肤白嫩，人胖得完全如同一个洋娃娃。单是这些，也就了然去了。而更为重要的，是在我坐下之后，她用铅笔在课桌的中间，为我俩划下了一条楚河汉界，用城里人奶甜的细音告诉我说，彼此谁都不能越过；写作业时，谁的胳膊，也无权触碰谁的胳膊。

这是六十年代中期，似乎我人生的一些觉醒，比如自尊，比如对男女与城乡的最初了解，还有对革命的一些敬畏，也大都始于此时。那一学期，学习上没有二姐的压力，可有了另其所外的让我更为窒息的压力与心跳。她姓张——那个胖胖的城里女孩，似乎是父母与革命有些什么联系，工作从都市洛阳，调到了我们村街上的一个商业批发部门。因此，她成为我命运中的第一个偶然，一个幸运；一个至今令我无法忘记的启迪。

她学习很好，每周测验考试，都是九十几分。这不仅证明着她和我学习上的差距，也还证明了一种久远的存在，即：与史俱来的城

乡差别。证明着她在课桌上划的那条中轴铅线，不仅合法，而且合理。我不知道我是否为了她和那条分界的铅线，而开始了用功学习；还是为了一个乡下男孩的自尊和城乡之间留给乡村的那点儿可怜的尊严，而在学习上开始了一种暗自、暗自的努力。

我们的老师，漂亮、高瘦，有些肌黄。而且，越来越黄。同学们都说她有肝炎。并且还会传染。说只要和她距离近些，只要你把她呼出的气息吸进肚里，也就一定会染病于你。同学们盛传，看见过她在屋里熬药。还吃了白色的药片。

教室里分坐在第一排的同学，在她上课之时，常有要躲着她坐到后排去的。可是我不。我就喜欢坐在前排，坐在她的鼻下，抬头看着她那泛黄、却仍然漂亮的瓜式脸蛋，听她讲着语文，讲着算术；讲她在城里师范读书时的一些新新鲜鲜。喜欢不越楚河汉界，不说一句话儿，坐在洋娃娃的身边。为了暗赶那城镇户籍的学习成绩，缩短我和她的城乡差距，我不仅整日端坐在有病的老师面前，还敢拿着作业，到老师屋里面对面地问些问题。

我看见过老师吃药。确实是白色药片。

老师问我，你不怕传染？

我摇头。

老师笑着拿手去我头上摸了很久。许多年后，看印度电影《流浪者》时，有位勇敢的少年，因为勇敢，被漂亮的女主人公突然吻了一下脸蛋。女主人公走了之后，那少年回味无穷地在摸着被人家吻过的脸蛋那一细节，总是让我想到我处在那个年代，被漂亮的女老师抚顶的那一感觉。正是这一抚顶，让我的学习好将起来。让我在期终考试时，洋娃娃似的女同桌，语文、算术平均 94 分，全班第一。

而我，均为93分，名列第二。

这个分数，高于二姐。相比我的同桌，只还有一分之差。

仅就一分之差。

原来，学习并非一件难事。我感到和她这一分之差，是如此之近，仿佛仅有一层窗户纸的距离。我以为在学习上超越于她，成为班里第一或年级第一，其实如同抬头向东，指日可待。说句实在话，那一年的暑假，我过得索然寡味，毫无意义，似乎度日如年，备受煎熬，盼望开学坐在她的身边，认真听女老师授课说事，是那样的急迫重要；盼望着一场新的考试，就像等待着一场如意的婚姻。

可是，到了终于开学那天，我的女性老师，却已经不再是我的老师了。

她调走了。

听说是嫁了人家。嫁到了城里。好像丈夫还是县里赫赫的干部。好在，女同学还在。还是我的同桌。开学时，她还偷偷送给我一个红皮的笔记本儿。那本子是那个年代我的一个珍藏和记忆；是我对那个时代和城乡认识过早开始的一个见证；还是我决心在下次考试之时，希望超越于她的一个明确的鼓励。我依依然然地努力学习；依依然然地按时完成作业。凡是新任班主任交代的，我都会加倍地努力，连那时语文课中增人的学习毛主席语录的附加课程，老师要求同学们读一读时，我都会努力背一背；老师要求同学们背一背时，我都会背写三遍或五遍。

新的老师，男性，中年，质朴，农村人。把他和我那嫁人的老师相比较，除了性别，还有一样不同的，就是他要求学生学习，决不相仿女的老师，总是进行测验和考试。而我那时等待一场严肃的考试，就像

走向起跑线等待起跑的一个运动员样,已经弯了身子,弓了双腿,只等那一声发令的枪响,就可射出的箭样去追赶我的对手,去争取属于我的那个第一了。我的对手,不再是我的二姐,而换成了我的同桌女孩。她浑圆洋气,洁净白嫩,说话时甜声细语,没有我们乡下孩子的满口方言,也没有我们乡下孩子在穿戴上的邋邋遢遢。她的满口,都是整齐细润的白牙,都是字正腔圆的普通话儿;而且整日的浑身,都是穿着干干净净、洋洋气气的城里人才能穿戴的衣衣饰饰。

和她,我们彼此只还有一分之差。

仅就一分之差。

为这一分的超越,我用了整整一个学期的努力。

终于到了期末。

终于又将考试。

终于,老师宣布说,明天考试,请同学们带好钢笔,打好墨水,晚上好好睡觉。

我一夜未眠。想着明天就要考试,如同我要在明天金榜题名一般。兴奋如那时我不曾有过的爱情,完完整整地伴我一夜,直至来日到了学校。教室外面的日光,明明亮亮,一团一团,从窗外漏落入教室之内,使教室里被过滤了的明亮,如同阳光下的湖水。高大庙堂里木梁上的菩萨神画,醒目地附在屋顶和墙壁的上空。老师在讲台上看着我们。我扭头看了一眼同桌,从她的眼神,我看到她有些不安。看到了对我超越于她的一种担心和无奈。

没有办法,这似乎不仅是一分的差距,也还是一种过早到来的巨大的城乡差别。除了超越,我没有别的选择。

我把钢笔放在了桌上。把预备的草稿纸,也规规整整地放在了课桌上。

确实的，等着那个超越，我就像等着下令枪响后的一次奔跑。

老师来了。

终于的，却是徐徐地进了教室。他庄严地看了同学，看了讲台下那一片紧张与兴奋的目光，嘴上淡淡地笑了一下，说今年考试，不再进行试卷做题。说，毛主席教导我们说："我们的教育方针，应该使受教育者在德育、智育、体育几个方面都得到发展，成为有社会主义觉悟的有文化的劳动者。"说，为了让大家都能成为有社会主义觉悟的、有文化的劳动者，我们不再进行试卷考试。说，我们今年考试的办法，就是每个同学都到台上来，背几条毛主席的语录。凡能背下五条者，就可以由二年级升至三年级。

老师话毕，同学们集体怔了一下。

随后，掌声雷动。

我没鼓掌，只是久远不解地望着老师，也瞟了一眼我的同桌。她在随着同学们欢快地鼓掌，可看我没鼓，也就中途猛地息了她那热烈的掌声。

自那之后，我们升级都是背诵毛主席语录。这让我对那个来自城里的女孩，再也没了超越的机会，哪怕只还有一分之差。那年代中的一些事情，虽然微小，却是那年代中怪异浓烈的一股气味，永永远远地成为遗憾，在我的人生中弥弥漫漫。在那个年代读书，二升三时，只需要背诵五条毛主席的语录；三升四时，大约是需要背诵十条或是十五条吧。期间为了革命和全国的停课闹革命，还有二年没有升级。没有升级，也依然上学，学习语文、算术，背诵毛主席语录、毛主席诗词，和那老的三篇：《为人民服务》、《纪念白求恩》和《愚公

移山》。今天，回味那个年代，其实我满心都充盈着某种快乐和某种幸福的心酸。因为没有学习上的压力，没有沉重的书包，没有必须要写的作业。伴随我童年的，除了玻璃弹子、最高指示和看着街上大人们的游行，还有亲自跟着学校的队伍，到村街上庆贺毛主席有新的指示发表，这都是一些快乐的事情。剩下的，就是永不间断的饥饿和下田割草，喂猪放牛。还有一种久远的幸运，就是直到小学毕业，那些住在乡村的几个市民户口的漂亮女孩，她们总是与我同班。她们的存在，时时提醒着我的一种自卑和城镇与乡村之间必然存在的贫富贵贱；让我想着那种与史同在的城乡差别，其实正是一种我永远想要逃离土地的开始和永远无法超越了的那一分的差距。

终于，进了七十年代。

我以通背规定的毛主席语录、毛主席诗词和老的"三篇"之优异，顺顺利利地升了中学。很快，在我的中学时代，革命形势在沸腾的安静中有了变化。并不知道这一年初中的升级考试，不再是以背诵毛主席的文章、诗词为考试的评判标准，与大人物邓小平的恢复工作有着直接的某种干系。终于，学校又有了考试制度。就像遇了春天必会有雨一样，升级，又要必须考试。可必须考试时，不知为何，我已经不再有那种超越一分之差的奋斗之力，只是痴迷于阅读中能够找到的革命小说，如《金光大道》、《艳阳天》、《野火春风斗古城》、《青春之歌》，还有《烈火金刚》和《林海雪原》等。我不知道这些小说属于"红色经典"，以为那时的世界和中国，原本就只有这些小说；小说也原本就只能是这样。如同牛马不知道料比草好、奶比水好，以为世界上最好吃的，原本也就是草和水了。不知道在这些作品之外，还有所谓的鲁、郭、茅和巴、老、曹。还有什么外国文学和世界名著。还有更为经典的曹雪芹和他的《红楼梦》。

不知道,曹雪芹是个男的,还是女的。

然而,缘于对红色经典的热爱,我早已忘了我有些荒废的学业。

然而,偏巧那年,由初中晋升高中时,却又要由分数定夺命运。那些年月,我对阅读小说因着过分迷恋,而对人生,也因此变得有些迷惘。想横竖反正,我的命运就是同父母一样种地,不得不作于日出,息于日落;因此,并不相信你考取高中就可以不再耕田种地,可以让你变为不是农民的城里人了。也就无为而治,随遇而安,陪着同学们如同打哄看戏一样,参加了那年的升学考试。其时的结果,录取中的政策是规定凡有城镇户口的同学,必须百分之百地予以录取;而对农村户口的学生,既要看考试分数,还要看大队和学校的共同推荐。就分数而言,二姐的分数远高于我;就推荐而言,我姐弟二人,就只能有一人可读高中。

话是午饭时候父亲从门外带进家的。那是夏天,知了的叫声,在树枝上果实累累,叫得烦躁不安。父亲坐在我家的院里,说了我和二姐只有一人可以读书上学的景况之后,他看着我和二姐,有些为难、又有些犹豫地说道,家里的境况,你们也都明白,人多嘴多,谁都必须吃饭,又要给你们大姐看病(我大姐那时常年有病),这样,也是确实需要你们有一个留在家里种地,挣些工分。父亲说完,我和二姐在那个时候都端着饭碗,僵在父亲面前,谁都没有说话。有一瞬间,时间生硬,再也不会如水样细软地流动。就像时间成了石块,无形地砌在了我与二姐和父亲之间。就这样过了许久许久,母亲从灶房端着饭碗出来,说都吃饭吧,吃完了饭,再说这事。

就都各自吃饭去了。

忘记了二姐是端碗进了屋里，还是端碗去了别处。而我，端着用红薯叶子煮了红薯面条的一碗粗粮汤饭，到了门外的一棵树下。树下空无他人。我就在那乡村的空无里，却是无论如何也无心食咽那碗汤水饭食。也就在这个时候，在所谓人生的十字路口上，在我正为上学还是不上的迷惘里，下乡到我们村里的一个知青，男，穿着蓝色制服，三七分头，高个，他款款地从村街上走过，还和熟人点头说话。说话的顺序，是村人恭敬地先和他说。而他自己，只是懒懒洋洋地点头哼哈着答话别人。

他答着去了。

可我，在他走后很长的时间里，都还看着他的背影，就像看着一条通往远处的道路。就在那一瞬间，我忽然猛烈地，想要继续读书。想要去念我的高中。想要从二姐手里，夺走属于她的那半个去念高中的希望。也就匆匆地吃饭。匆匆地回到家里，看见二姐也正端着空碗，从哪儿出来到厨房盛饭。

我们在院里对望了一眼，谁也没有说话，就和彼此谁都不太认识对方一样。

下午，下地劳动，不知为何二姐没去。

晚饭，二姐也没有在家吃饭。

饭后，二姐也没有很快回家。

我问母亲，二姐呢？母亲说，找她同学去了。也就这样，把一段命运暂时搁着，就像把一个疮疤暂时用膏药糊了一般，也就睡了。月落星稀，窗外有清明夜色，有蛐蛐的叫声，还有半透明的潮润的夜气。睡到半夜时候，也许我刚要睡着，也许我已经睡着，刚好醒来，就在这个时候，我家大门响了。二姐的脚步，轻柔地落在院里。接下，那脚步的声响，到了我睡的门口，犹犹豫豫，滞重下来，仿佛是犹豫之后，二姐推开了我睡的屋门，进来站到了我的床前。

我从床上坐了起来。

二姐说："你没睡？"

我以"嗯"作了回答。

二姐说："连科，念高中，姐不去了，还是你去念吧。"

说完这话，二姐似乎借着窗光的月色，看了看我。我不知道那时的二姐，看见了我什么表情。而我，却隐约看见，二姐的脸上，仿佛挂着凄淡的笑容。笑着转身走时，还又对我说道："你好好读书；姐是女的，就留在家里种地。"

然后，就是漫长的等待高中的开学。在开学的前一天里，二姐给我买了一支钢笔，送给我时，她眼里含着泪水，却是依然地笑着说道："好好读书，连二姐的那份也给读上。"

现在，三十年之后，我给我的孩子和侄男甥女们说起这些，他们都有些愕然。有些不敢相信。不是不敢相信二姐因是女的，方才让我这个男孩读书，而是不敢相信，有个漫长的时代，虽是正宗的社会主义，可中国乡村的孩子，却是普遍贫穷饥饿。作为父母，普遍无力去供他们的孩子吃饱肚子，并读完初中、高中。这是一个时代给所有做父母和子女的人们，留下的一份社会自己早已忘记了的歉疚。

我想，我应该把这份歉疚记述下来，不说留给别人，也该留给我的孩子和我的那些侄男甥女们。

阎连科，作家，现居北京。主要著作有《日光流年》、《受活》、《风雅颂》等。

1970 年代的散兵游勇

蒋子丹

这几年,常常有些青春岁月大盘点活动,比如纪念知青下乡多少年,纪念恢复高考多少年,组织者最先想到的就是出版回忆录和画册,希望把那段历史用每个亲历者不同的表述来复原。我就接到过好几个电话和邮件,约我写知青生活,写大学生活,也有问我是不是进过工厂参过军的。可惜我哪一伙也没法加入,没资格。我没当过知青,没当过工人,没当过女兵,也没参加过那时大伙儿都趋之若鹜的高考,整个是一散兵游勇。

在同龄人里,我的经历可能有点特殊,写出来也难免平淡,但无论如何于个人是一段成长的经历,于时代是一个小人物留下的印记。历史万花筒中的图案,不正是由各种颜色小碎屑的活动映射出来的吗?故不妨一叙。

死水城市　微澜人生

1970年，又一个新十年开始之际，我们的城市长沙，令人感到很寂寞。

长沙是湖南省的省会，在中国近代史上曾经非常著名，有许多关系国家命运的大事件在此地发生，也是热血湖南人叱咤风云的舞台。由于有着革命、暴力、斗争的传统，湖南的"文革"在全国也是出了名的激进，文攻武斗都有登峰造极的人和事。在我的印象里，自"文革"开始，长沙街头每天人头攒动，尘土与喧哗一起升腾，不同派别的高音喇叭互相攻讦对骂，不舍昼夜。武斗高潮期，大卡车载着一车车头戴钢盔手持枪支的青壮年，响着尖锐的口哨，来来去去，大街小巷时有真枪实弹的战斗，一些重点单位，战斗还很激烈。我家所住的院子，是湖南省文联宿舍，对面就是省公安厅、检察院、法院合署办公的大院，曾经被不知什么身份的人持续攻打，白天枪声响成一片，到了晚上曳光弹拖着亮亮的尾巴，在我们窗外飞来飞去。大院里有个孩子在自家凉台上睡觉，竟被流弹击中身亡，吓得父母忙命我们都集中到带走廊的房间去睡地铺。

我们的院子，是最早受到冲击的场所。地方政府为周立波、康濯、柯兰以及我父亲蒋牧良四位作家回家乡工作，于六十年代初特别修建了几栋别墅，以当时居住水准而言，大大超标。"文革"一起，这四个人首当其冲，在第一批揪斗"三家村"的阶段已经落马，加之这个院子的建筑格外显眼，抄家的事情经常发生。一伙人忽地闯进家里，东翻西翻，见到他们认为有价值的东西，写个条子扔在桌子抱

起来就走，那上边的署名五花八门，诸如毛泽东主义红卫兵、毛泽东思想战斗队、红色江山自卫队，等等，也不知道他们是谁，属于哪个系统。各家的家长经常不知为什么事，被什么人带走，失踪少则几天，多则个把月，又莫名其妙给放回来了。哭哭啼啼的家属成天缠着机关里的群众组织要人，有时候也拖儿带女到与文联有关的单位去找，说不定也就给要回来找回来了。后来家家都有了经验，对付这些人，能躲就得躲，能逃就得逃，孩子们成了保护家长的流动哨，一旦碰到陌生人进了家门，赶快到路口去守候，等父亲从机关回来时，通知他别回家，在外边等候警报解除的通知。这样的经历多了，我们已经变得远不像先前那样害怕了，每次成功地保护了父亲一把，心里还会产生自豪感。

最混乱的时期，随着军管会的介入结束了。我们的家长也都按单位和系统进入毛泽东思想学习班的专政班，被关押在固定的地点，接受无休无止的审查。孩子们的任务，是每个月准到那儿去探亲，送去些日用必需品，领回按家庭人口计算人均十五元的生活费。老三届的哥哥姐姐们或上山或下乡或参军，剩下的孩子里，年龄最大的就是我们这帮小学毕业生。"文革"开始时不过十一二岁，半懂半不懂地跟着家人担惊受怕，久而久之，那种每天都有变数的生活，对我们而言，已是兴奋大于恐惧，因为我们自认为已经久经考验了。

随着大串联结束，各种群众组织被解散或取缔，大批"老三届"学生上山下乡，其他身份的人以种种名义被遣送疏散或下放，城市一天天安静下来，进入了一种几乎停滞的状态。公共汽车停驶，最牛的交通工具是自行车，要是你家没有，到哪儿去都靠两条腿来走动;环卫工人不见了,靠另外一些人来维护起码的居住卫生——群众专政的坏分子清扫大街,郊区的农民伯伯掏粪出城;国营菜场大部分时间门可罗雀,柜台上天天摆着永远卖不完的咸萝卜、辣椒酱,营业员坐在柜台后边,不是打毛线就是打瞌睡,偶尔拨来一点无须凭票凭本儿购买的冰冻猪板油、猪下水,才像大雨将临突然热闹起来的蚁穴,挤满了大呼小叫的人,等到货一卖完,复又归于沉寂;居民用电时断时续,家家都备着煤油灯,而马路上绝无路灯照明,天黑以后没有要事,谁都不会出门去闲逛;除了自来水还在正常供应,所有的市政系统几乎都停摆了。

父亲从专政班回到了家里,还拖着一条历史问题待结论的尾巴,继续停止党组织生活,每天沉默寡言,母亲也跟着唉声叹气。但这样的状态,已经让他们都松了口气,觉得再怎么着也比前几年兵荒马乱强得多。像我这样年龄的孩子们则不然,死水一潭的日子,让我们过得无精打采,有时居然觉得前几年的动荡紧张更有意思。

在我的记忆中,"宣传宝"成了这段沉闷岁月中,一个不可忽略的亮点。

"宝"是长沙方言里骂人的词,意思是傻瓜,假如不含恶意,也可以表示某人过分痴迷于什么事或物,已经到了旁人不能理解的程度,"宝"前边的那个词所指的,便是其痴迷的对象。那时长沙城里有著名的四大"宝",其中被称作"槟榔宝"的,成天在街上捡别人嚼过的槟榔渣,而被称作"宣传宝"的,则是每日里走街串巷搞宣传的一个中年男人。从六十年代末到八十年代中期,差不多二十年的时间里,这个中等身材头发枯黄的汉子,在长沙城具有极高知名度。只要头天晚上北京有重要新闻发布,比如毛主席最新指示,党中央

会议公报,《人民日报》社论等等,他一准会在第二天上午,举着一张毛泽东画像(后来又改成了华国锋画像),出现在中心街市,手握一个铁皮子卷的喇叭,高声宣讲新华社通稿,同时免费赠送相关报纸,听众们可以随意索取,然后逐字逐句对照他的背诵。事实证明"宣传宝"的记忆力非凡,别说千把字的新闻,哪怕上万字的长篇社论,他也能在刚刚发表十来个小时之后,几乎一字不差地背诵。

在那段寂寞的时日,"宣传宝"是我们无聊的课外时间里一位编外教师,有时候我会花上大半天跟着他一站站往下听,直到自己也差不多记住了那些枯燥的内容。当然他的听众远不止我们这些孩子,还有许多有头有脸的成年人。当政治成为国人唯一的关切,其他事情全都等而下之的时候,"宣传宝"自然成了市民们的趣味中心。中国政治风云变幻,"宣传宝"以不变应万变地当着他的义务宣传员,政治舞台上谁来当主角,"宣传宝"就替谁宣传政策,从来激情澎湃也从来不偏不倚。每当听众甚多,"宣传宝"会更加精神抖擞口若悬河,看光景几乎成了长沙城的主宰。

最后一次看到"宣传宝"是哪一年,我都记不清楚了,可以肯定的是,我已经参加了工作。骑着自行车下班,看见"宣传宝"仍然在街头背诵报纸上的什么文章,身边只有几位拽着小孙子散步的老头老太在听,放学的小学生排着队经过,一齐放开喉咙喊道:"宣传宝"——吃干草——。"宣传宝"并不为之所动,继续满脸庄严地对着寥寥无几的听众演讲。小学生的喊声,又一次唤起了我对"宣传宝"生活状态的好奇心;这么多年,他究竟靠什么维持生计,同时向听众免费赠送报纸?后来我的一个朋友为了写小说寻访过"宣传宝"的家,回来对我们说,"宣传宝"属于绝对的赤贫阶层,独身,没有正式职业，住在草棚子里，用树枝和报纸煮饭，唯一的经济来源是拾荒所得。他并且说，"宣传宝"曾经读过大学，学的是中文专业，至于为何沦落如此，他也不甚了了。我觉得他的说法可信度很高，因为我曾经在路上遇到过去卖荒货的"宣传宝"，过于沉重的担子，压得他两眼突出，脖子上青筋暴起，脊梁和扁担弯成一竖一横两张弓。

在那一片沉闷的空气中，被我们关注的，除了"宣传宝"，还有"幸福团"事件。当时这个团伙成员被判刑的公告遍布了大街小巷，市民们对着上边的罪行仔细看了又看，怎么都觉得对这些十几岁的孩子而言，从主犯到从犯，分别判处死缓、无期，以及十年以上徒刑，刑期都过重了。我当然也这么看，因为这群男孩大多是我们小学低年级的同学，其中有两个人的姐姐还跟我是朋友，他们的身份也与我相近，都是父母被关在"五七干校"专政班的黑帮子弟。那时候有很多这样的"干部子弟"，父母长期被关押，孩子们在家大的带小的，日子过得糊里糊涂。特别是那些男孩子，都处在容易走火入魔的青春期，又兼无人训导，一不留神就走上了邪道。"幸福团"的成员就是这么一伙子。

父母不在，天下是他们的天下。翻箱倒柜，找出樟木箱子里父亲压箱底的将校呢军服，戴上用各种手段弄来的绿军帽，再来双时髦的白色回力球鞋，或者黑色灯芯绒面儿懒汉鞋，骑上曾经标志着特殊身份的大链盒自行车，车子的型号，为永久 13 型以及凤凰 18型，号称由锰钢制作。看他们披挂着这身行头，成群结伙响着转铃，穿梭于各个机关大院时，那种得志张狂的样子，任谁也猜想不到突然有一天，他们就成了某次治安突击整治的靶子，按照从严、从快、从重的原则，被判了重刑。

　　"幸福团"的名字是他们自己起的,还是司法部门为了表明这个团伙的特征,派给他们的,我不知道。他们犯罪的具体行为也有些模糊了,大约是在马路上骚扰女孩子,打架斗殴一类,但有一个细节是当时很让我惊讶的,还依稀记得,那就是他们聚集在一起,听《红莓花儿开》之类的老唱片,布告上将这一点列为聚众传播封资修文化,学唱黄色歌曲。

　　这一条罪状出现在印有十几个少年犯头像的布告上,颇有点以儆效尤的意思,至少在很长一段时间里,我们这些爱读小说的孩子都会很谨慎,每弄到一本课外书,都藏着掖着,生怕背上思想意识不健康的名声。可后来,我还是被一次有惊无险的疏忽吓得不轻。

偷看禁书　惹是生非

　　我在长沙市第十四中学上高一。所谓高中,其实没有多少书可读。几本薄薄的教科书,编得敷衍了事,Down with the USA Imperiolism! Down with the Soviet Revisonism!(打倒美帝! 打倒苏修!)这样蹩脚的政治标语,居然成了英语课文。同学们个个学习心不在焉,"一颗红心,两种准备"的口号早就给我们指明了前途和方向,大部分下乡当知青,小部分进厂当工人,显然无论你将进入哪一部分,书读得如何都不重要。假如你想争取进入小部分行列,必须根正苗红,除去家庭成分没有瑕疵,自己还得有出色表现,比如说,思想汇报要写得勤,劳动课必须不怕苦不怕累。

　　挖防空洞是最好的表现机会。当时使用率最高的毛主席语录,是"深挖洞、广积粮、不称霸",北方的中苏边疆战事一触即发,全国所有城市都在备战备荒,大到由解放军工兵部队在开挖的钻山大洞,小至我们学校这样不知能派上什么用场的地道,防空洞遍地开花,所以挖洞是我们的必修课。记得有一段时间,为了加快挖洞的速度,迎接上级检查,我们根本就不上课了,背来铺盖在教室里打地铺,天天三班倒挑灯夜战。学校的年级被称做连,班级称做排,学习小组称做班,学生们自然成了战士,每个学期评出的好学生,奖状上赫然印着"授予××本学期五好战士称号"的字样,不知是不是为了跟国家大政接轨。争当五好战士是同学们都很感兴趣的事情,就如我这等父亲刚从五七干校的专政班获准回家,还没有恢复党籍和工作的黑帮子弟,也在奢望能当上一回五好,让自己政治面貌添一点亮色。

不期还真的遇到了一个机会。有天晚上,我在防空洞出渣的洞口运土,被地面掉下来的一块砖头打中了脚趾,立时鲜血如注。我在受伤之后,只简单地包扎了一下,又马上回到洞里继续运土,轻伤不下火线。不久,我破天荒获得同学们的一致推荐,当选本学期五好战士,只等连指导员肖老师审批,就可以上台领回那张奖状了。可是,事情就在这时候节外生枝,我的名字从光荣榜上被删除了。原因是我在课桌抽屉里偷看《红楼梦》,被一个姓谢的女同学告发。

谢是我们排的劳动委员,个子不高,头很大,眼睛亦很大,前额非常惹眼地"铲"在那儿,与两根黄黄细细的短辫子搭配起来,使她的形象很特别,更特别的还有她的气质。在学习不重要劳动最重要的氛围里,劳动委员是很光荣的岗位。所以每到学工学农活动,谢就真正找到了用武之地,以一般女同学不可能具备的体力和吃苦耐

劳能力，引人瞩目。我跟她是同桌，但关系一直比较疏远，因为面对我等黑五类子女，她那一双圆溜溜的大眼睛里，总闪着一种警惕的亮光，正可谓目光如炬。除非你刻意要迎合她，她的形体，她的气势，时时会给你一种警告：别想在我眼前耍花招。我原以为，不招惹她，不即不离跟她同桌，总可以相安无事了，没想到该有的事，终归还得有。

那天课间操时间，我因为脚趾受伤尚未痊愈，躲在教室里没去，把一本头天晚上看得欲罢不能的《红楼梦》，藏在课桌里匆匆忙忙翻阅。也忘了是看到了什么叫人伤心的段落，眼泪一边看一边就流了出来，连谢做完操回到座位上来我也没发现。

应该承认，她似乎也不是一个毫无同情心的人，至少她刚看到我在流泪时，第一个反应是投以关切的目光。这是我跟她同学以来最为温暖的一瞥，就算她的关切有点居高临下，希望你有求于她的意思，总归也算是关切吧。可是当她看到我一边敷衍一边往书包里塞的，是本竖排本的旧书，目光里的关切立时变成了怀疑，同时凭借她力大过人的手，一把将书抢在手里，尖叫一声：好哇！原来你躲在这儿看黄色小说！

那一声喊在我听来，简直无异于五雷轰顶，刚刚过去不久的"幸福团"事件，还没有淡出街谈巷议，看黄色小说和唱黄色歌曲，还不都是一回事？而且我马上想到，这本因为姐姐看后撂在枕头下边，才得以在抄家时漏网的书，要是被她上交给指导员，肯定在劫难逃。不知是为了消灭证据，还是为了保全这本书，我当时使出了吃奶的劲儿，趁她不备居然将书抢回来，揣进书包拔腿就跑。谢愣了愣起身要追，正好被上课铃声唤回来的同学堵住了去路。我当机立断逃了课，跑回家把书藏在厨房里的碗柜里边，并决心不管谁来问我要，也不把它交出去。

当然后来事情并没有像我预计的那样糟糕，没有人来逼我交出书，也没有因为我看"黄色小说"给我处分，只是指导员把我的名字从五好战士名单中划掉了，并找我谈了一次话，说早就有人反映我经常看一些内容不健康的书，看完之后还爱讲给别的同学听，以后要注意影响，改正这个毛病。她同时还警告我，不准对反映情况的同学抱有成见，人家是为了帮助你提高觉悟。我完全没有意见，也不敢有意见。倒是谢自己从此之后，对我反而客气了些。

第二个学期，我离开学校去文工团当了话剧团学员，彻底告别了我的这个同桌。听说她毕业后进了一所国营大工厂，到了工厂后很快就成了入党发展对象，再往后，同学们各奔前程，几乎不再有谢的消息了。

又过了好几年，大约在我们二十二三岁的年纪，突然在路上碰到一位跟谢一块儿分去工厂的男生，刚打了个招呼就径直问我，知不知道谢的事情？我很漠然地问，她又有什么好事儿了？没想到那个同学说，她得了直肠癌，已经死了好几个月了。这是我头一回听说同学夭折的消息，以她的健壮和活力，好像我们所有人都得上什么什么病也轮不到她似的，当时就傻在那儿了，半天都反应不过来。缓过劲来，我问那个男生，她弟弟怎么样，没什么事吧？看见对方一头雾水的样子，我忙解释，谢有一个弟弟跟她是龙凤孪生胎，听说双胞胎一旦夭折了一个，另一个也得小心才行。那同学听了，哈哈一笑说，没想到你还这么信迷信呢，肯定是看小说看的。

逃避下乡　机会难得

我打小出生北京,九岁才因父亲调动工作回到故乡湖南。刚来长沙的时候,家中随之而来的三兄妹满口的京片子,对处处湘音的交际环境很不适应,没几天就开始学习方言,说起南腔北调的长沙话。父亲对此显得非常重视,也非常不安,他把我们三个叫到一起,很郑重地宣布了一条戒律,不论何时何地,都要坚持说普通话,谁要是违反纪律,每天晚饭后分配的糖果就要被取消。对这样强硬的规定,我们既不理解也不想服从,就采取了阳奉阴违的态度,在家说普通话,在外边说长沙话。

父亲是一个满口湘音一生未改的人,他为什么对这种操了大半辈子的口音如此忌讳,以致要叫他的儿女避而远之,我在多年之后才得知了答案,那时候父亲早已化作青烟,不知飘去何处了。

专门研究三十年代左翼作家群的学者杜元明告诉我,据他掌握的资料,我父亲在当时的青年作家中,是个沉默寡言的人,除了同乡张天翼,以及朱凡、邵荃麟、吴组缃等为数不多的几个朋友外,与外界交流甚少。究其原因,竟是他那一口浓重的湖南口音,极大限制了他的交际活动。早年的父亲在他的家乡涟源,曾经是个聪颖善辩谈笑风生的青年才俊,十里八乡小有名气。后来到了外乡,口音不通使他感到极大窘困,渐渐变得孤僻起来。与他多年共事的人们,回忆我父亲的时候,都一致认为他是个忠厚老实不善言辞,并且也古板固执的人,跟他早年在家乡的形象相去甚远,口音使其然。这样的经验导致父亲对下一代的口音格外重视,以避免子女们再跟自己一样受困。

口音可以改变人的性格,甚至于改变人的命运,看似有点耸人听闻,但后来发生在我生活中的事情,再次证明了这一点。

普通话在上世纪六七十年代,远不如现在这样普及,我自小操得一口京腔,使我在同学里有些特殊。从小学到中学,我一直是学校广播站的播音员,逢有重大活动,也常抛头露面。不成想,就是这连雕虫小技都算不上的本领,最终改变了我的人生,让我在下乡插队的前途已成定局的时候,获得了一个逃避的机会。

那天我正在广播室播报一条通知,有人跑来通知我到校教务室去,说是省文工团到中学来招收小学员,来人从广播里听到了我的声音,要让我去面试点见见面。

我走进面试点的时候,例行的考试已经结束,校文艺宣传队的男孩女孩,还聚在那儿探头探脑,显然在焦急地等待消息。记得主持考试的人见到我,二话不说就让我朗诵一首诗,我便选择了毛主席诗词中的《七律·长征》,按照当时流行的腔调,铿锵有力地念了一遍。他们相互交换了一下眼色,主考人又问我会不会跳舞,我说不会,他说,那就做一节广播体操吧,第七节。我按他的吩咐做了这节跳跃运动,窗外传来一片笑声,宣传队那帮自以为美的孩子们,肯定觉得我这么一个比业余还业余的选手,居然来参加专业文工团的选拔,太滑稽了。

事情的结果出乎所有人意料,文工团的人临走时通知的复试名单,整个学校只有我一人。一个星期之后,我去省歌舞团的排演场参加了复试,来自全省各地的几百名中学生应招而来,其中有一百多人被省文工团下属的话剧团、歌舞团、湘剧团、花鼓剧团、木偶团

录取，充当演员和乐手。后来蜚声乐坛的作曲家谭盾也是这一批考入湘剧团乐队的学员。我被话剧团录取，经过一番周折，侥幸通过了政审，成为七个新学员之一。

消息一出，同学老师们纷纷祝贺我，因为大家都知道再过一年，像我这种情况的学生，去向肯定是农村无疑，能在这时候获得这样逃避下乡的机会，自然令人羡慕。而且除去可以免当知青这条之外，省文工团的架势也很唬人。当时各省的剧团都在学习中央"样板团"的经验，实行半军事化管理，发了统一的灰色制服和军大衣，出门时排着队浩浩荡荡招摇过市，叫市民们都很眼热。

没想到就是这样一件人人看好的事情，在我们家里引起了很大的一场冲突，最后我以与父亲断绝父女关系为代价，坚持了自己的选择，还多亏了母亲从中力挺。

现在想来，父亲对演员的职业一直带有某种偏见。"文革"前，他身为省作家协会主席、省文联副主席，从来不曾跟剧团有过多少交道，审查新剧目，也只跟编剧们谈创作，决不涉及其他。逢年过节，演员们一伙伙到我们院子里给其他领导串门拜年，一次也没到我家来过。听说我打算辍学去当演员，父亲勃然大怒，坚决不同意，非叫我继续留在学校把高中读完。这个主张叫周围的人们包括亲人都不赞同，连一向很尊重他的母亲，也站到了他的对立面。母亲对他说，这种书读不读都无所谓了，读完了还不是个下乡插队？父亲说，下乡插队就下乡插队，我宁愿让她下乡也不能让她去当戏子！父亲的话说得很出格，要是以往，母亲肯定会退让的，但这一次可能由于事关女儿今后的前途，她的拗劲也上来了。母亲说，你要让老六放弃机会，除非先把老五从乡下调回来。老五是我的二姐，三年前去洞庭湖区当了知青，年前碰到湖区发大水，有阵子连饭都吃不饱，用军垦农场喂马的饲料充饥。母亲一提二姐，父亲自知过不了这道坎，蛮不讲理地说，无论如何不能让她去当戏子，她要去了，我就不要这个女儿了。

事情僵到这个程度，我心里很着急。虽然姐姐她们打起被包奔赴农村的时候，我曾经只恨自己年纪太小，不能跟她们一块儿去。后来知道了知青生活的甘苦，绝非想象中那样，一群有志青年，在青山绿水间战天斗地挥斥方遒，早已将当知青视为畏途。还有一个不能否认的原因，那就是文工团的灰制服和军大衣，对我形成了强大的吸引力，也唤起了我的虚荣心。情急之下，我向班主任龙老师求助，龙老师也替我着急，答应到我家来当说客。

龙老师的丈夫是一个军人，她刚刚作为随军家属从内蒙调来湖南不久。我不知道她是不是蒙族，但她脸上的确总带着一种蒙族人才有的晒红，在冬天里爱像蒙族人那样用头巾把头裹住。龙老师到我家来的那天下午，仍然像往常那样裹着一条深绿色的方头巾，有一撮花白头发，从头巾的边缘露出来。这撮头发让我对她游说的效果增加了信心，以为凭着老师的资格有可能将父亲说服。

我把龙老师引到父亲的书房，虚掩着门从门缝里偷看他们的谈话，一颗心紧张得差不多要从胸腔里跳出来。我看见龙老师把绿色头巾取下来，跟父亲寒暄了几句，不知是不是父亲威严的相貌和表情使她不安，转入正题的时候，她的手开始不断地搓揉那条围巾，半天才小声地对父亲说，现今的学校教育很糟糕，学不到多少东西，而且明摆着高中毕业后只有一个前途就是下乡，能有去当演员的机会实在难得，也不应该放弃。父亲想必早已明了龙老师的来意，也预

备好了他的说辞在等着她，龙老师话音未落他已经沉下了脸，说，别人这样说我还不以为怪，可是你为人师表，不想着怎么教导你的学生好好读书，反而跑来说些这样不合身份的话，你自己觉得对头吗？龙老师没想到她会碰到这么一位直言不讳的家长，当时就红了脸甚至红了眼圈，什么话也说不出来，匆忙告辞走了。我和母亲追到院子里去送她，母亲跟在她后边大赔了一通不是，龙老师好像并不想再跟我们说什么，连围巾都没顾上围，骑上自行车就走了。冬天的风把她的头发吹得飘起来，看上去她的白发着实已经很不少了。

我终于在母亲的支持下去了话剧团。父亲说到做到，跟我断绝了父女关系。不过所谓断绝关系，一没有条件登报公示，二没有办法在更大范围里声明，而且父亲既没有限制我回家，也没有干涉我跟母亲的往来，他所能做的，就是大约半年时间里，对我不理不搭。现在想想，只是一种吓唬小孩子的伎俩。

然而在当时，父亲这样的表示，除了给我的心理造成了不小的压力，更让我感到无比委屈。想着"文革"正乱的时候，我的同学和邻居家里，都出过儿子女儿参加造反派组织，写大字报声明与父母断绝关系，带人来抄自己家的事。而在我们家，全家人都把父亲的安危放在第一位，外边的疾风暴雨从来不曾影响孩子们对父亲的信任，反而不断增加着我们与父母的感情。作为最小的女儿，我一直代表着远在外地的哥哥姐姐，在父母膝下尽孝。父亲关在专政班的时候，逢到探视日，我都背着衣物食品，到河西的省委党校（那时更名为五七总校）去看他，往返要走上二三十里路，中间还要乘轮渡过湘江。换季的时候，背着沉重的背包，走去走来，绳子把肩膀上的皮都勒破了。记得父亲曾经抚摸着我的肩膀，察看我的伤口，眼睛里透着一种我几乎从来没见过的温和的目光。我有一个典型的中国式家庭，严父慈母，儿女众多，父亲对于我们而言，是高高在上的，不可以随便亲近的家长。尽管被关了牛棚，挂了黑牌子，他的地位也从来没有改变过。他的一个温和的注视，已然深深激励了我，路因此不远，包因此不重，肩也因此不痛了。可现在，他说不理我就不理我，好像我进了剧团，就真的辱没了蒋家的诗书门第。幸好这件事我没敢在团里声张，不然说不定又会引来革命群众对他进一步封建旧思想的大批判呢。

为了改善我与父亲的关系，我和母亲想尽了各种办法，都没能奏效。其中最滑稽的一次，是我买了一本郭沫若著作《甲申三百年祭》去讨好他，反而更惹得他生了一场气。说来也巧，有天我路过书店，看见柜台里除了这些年从来不变的那些书以外，多了一个新面孔，也就是这本郭著，心里很有点惊喜：这会不会是一个对父亲有利的信号呢？虽然我的年龄刚刚十七岁，经过五年的"文革"风暴，多少有了见识，心里总为父亲的政治前途担忧，变得颇为敏感。要是这本书的出现真的意味着某种文化大环境的松动，父亲说不定一高兴也就原谅了我。

父亲看见我，仍然黑着脸，叫他也还是不理。我把书掏出来，放在他书桌上，想借故跟他说说话。没想到，他一看那书名，拿起来就给扔到字纸篓里，嘴上仍然一个字不说。我心中暗暗叫苦，又不知他何以对郭沫若如此不恭不敬。一直到好久以后，我才在他的一个老朋友那儿得知了原由。父亲早年在上海参与了左翼文人阵营，追随的是与郭沫若甚是不和的鲁迅先生。鲁迅对郭沫若有一句著名而苛刻的评价，流氓加才子，等于在弟子们中间给他定了调，加之我

父亲是一个认死理欠灵活的人,认准的事情不会轻易改变。我不明就里,在一个不恰当的时间,送给他这么一本不恰当的书,那还不是自找没趣?

我跟父亲的关系就这么僵持着,父亲毫无松动的表示,让我简直觉得这辈子都只能这么僵持着,没有和解的机会了。实际上我们之间的和解就在不久之后达成了,促成和解的契机,竟是龙老师的死。

去了剧团之后,我一直想着去看龙老师,她为我去话剧团的事来我家,被父亲说了那么重的一些话,让她难堪不已,使我对她抱了深深的歉疚,可又怕见到她之后不知该说什么。表示感谢的话,已说得太多,批评父亲的话,我又不敢说,磨磨叽叽的,终于没有去成。也就两个月之后,突然听到一个悲惨的消息,龙老师在骑着自行车上班的路上,被一辆运红砖的拖拉机撞倒,当场身亡。听说拖拉机司机在交警面前辩解,龙老师在他的车前边,头巾被风吹开了,她突然松开一只手去抓头巾,身子一偏就倒在了拖拉机的前轮子下。

我从剧团跑回家去,径直跑进父亲的书房,等不及他把目光从报纸上移开,就噼里啪啦把这个不幸的消息告诉他,那口气就好像他对龙老师的死负有责任。父亲听了半晌无言,然后说,你去送个花圈给她吧。这是他与我"断绝关系"之后,跟我说的第一句话,我们父女之间的冷战从此结束,渐渐关系也修复如初。

我带着花圈到龙老师的灵堂去吊孝。龙老师的遗像挂在一面很宽大的墙上。照片上的龙老师神情有点呆板,没有戴头巾。我看来看去,觉得她肯定是一个蒙族人。

两年龙套　跑来收获

　　剧团的学员生活,远没有想象中好玩。每天除了练功和上课,吃饭睡觉,也没有多少可说道的新鲜事。业务课分台词、形体、表演、声乐四个科目,也没有正式的教员,由话剧团的老演员分头授课,所以谈不上有多正规。

　　我们这批学员一共七人,两女五男,其中我的年龄最大,正好十七岁,最小的男学员刚刚十三。论条件学员各有长短,比如我,因为普通话和语文课较好的缘故,上台词课就轻松一些,特别是朗读诗文,常常得到老师表扬。声乐课马马虎虎,老师认为我的嗓子本钱还好,就是太紧,练一练也许还行。可是一到表演课,我就差多了,做小品从来没有及过格。表演课老师说,你的自我意识太强了,太清醒,所以总是入不了戏,做演员最忌讳的就是这个。几句话已说得我满心沮丧,又赶上我进入了青春肥胖期,身体就像正往里吹着气的气球,呼呼直往横里长,长高的可能性随之锐减,形体课就显出了我的劣势。总体平衡下来,我做演员的前途并不被看好,充其量也就是个跑龙套的条件。

　　眼看进入了1972年,演艺界已经不再是八个样板戏的天下,各省的剧团纷纷开始创作新剧目,虽然也都是革命斗争题材,人物全按照"三突出"原则来刻画,舞台上总算有了些新气象。湖南省话剧团也排了一台反映湖南农民运动历史的大戏,起初叫《红旗卷起农奴戟》,后来改名《枫树湾》,几年后还改编为故事片搬上了银幕。

　　剧团有了演出任务,我们这些学员虽说都只能跑龙套,但总算

有了上台的机会。我的角色是一个贴标语的儿童团员,几次上场都是台上人最多的时候,最露脸的一场,不过拿着一卷标语从右边跑到左边,找到景片上的钉子挂上去展展平,再回过头来,跟着大伙儿喊几声"打倒恶霸地主"、"一切权力归农会",就完事了。因为演的是旧社会农村戏,大伙儿穿的都是破衣烂衫,特别是我们龙套穿的那些个,让我直怀疑是从废品收购站弄来的,穿在身上也没什么可美的。

每天如此,新鲜劲儿一过,我很快对这样周而复始的日子心生厌倦。有天表演课,我又被老师恶评了一把,心里对当演员已经完全失去了自信和兴趣,遂躺在宿舍的床上,看着天花板发呆。不期然忽地心生一念:像我这样的条件,当演员肯定只能跑一辈子龙套,不如早做准备,学着当编剧,这样既挽回了父亲的面子,又给自己找了条好退路。这个想法极大地激励了我,也给了我一种学习写作的动力,有一段时间我一有空就去找团里的编剧们聊天,希望从他们那里得到帮助。我也曾把这种想法透露给父亲,他听了并没有像我预料的那样,表示明确的赞同,而是含糊其辞地说,写剧本可不是像你想的那么容易。后来我才从母亲那里知道,父亲根本不希望任何一个子女继承自己的事业,甚至不愿意让我们学文科,以他自己的经历为鉴,他觉得远离意识形态的科技工作,才是孩子们应该奔的方向。"文革"前我大姐填写高考志愿,父亲非不准她填北大,一定要填清华,结果大姐第一年愣没考上,复读了一年,才按自己的选择,考上了北大东语系。

当演员没劲儿,当编剧没门儿,只好浑浑噩噩在团里混日子。直到有一天,一个女孩子的死,唤醒了我对人生与文学最初的思考。

春天的黄昏，霏霏细雨刚刚打住，我在文联宿舍大院门口看见草地上躺着一个女孩。只见她双手握着一根黑色的粗线，喉咙里发出一串微弱而古怪的声音，随后有些白色泡沫溢出她的嘴角。举目一望，周围没有一个人，我也不知道她到底犯了什么病，也不知道该怎么办，于是想到去她家里报信。走到了她家的院门口，大门虚掩着，但我不敢推开它。

那个院子让人害怕，至少让我这个出身是红是黑尚无定论的走资派后代害怕。就在半年前，我们这个文化人聚居的院子里，忽然来了一群军人，他们下车东看西看，指指点点，然后吩咐小楼里的人搬家。两天后，小楼就腾空了，楼外边刷刷竖起三面墙，最大限度包括周围的空地，墙基修到了正门口的大路上，传达室也被圈了进去，成为小楼的附属用房。白天，我们看见成队的大卡车，把砖头、沙子、水泥、木材，以及果树苗和鸡鸭送到院子里，晚上，可以听见开夜工的大兵们高声吆喝忙碌。若干天的热闹过去后，里边只剩下一片荒无人烟般的清静。听说那里头住的是京城迁来的一个空军中将，因为跟林彪的案子有牵连被贬到了这里，可仍然是瘦死的骆驼比马大，不容分说就占用了这套房子，同时也占用了整个院子唯一可供人们走动的空地，包括孩子们最喜欢的一个小水塘。新漆的灰色大门总是森严地关闭着，偶尔进出的，是买菜的勤务兵或上学放学的孩子——十二三岁的女孩，和比她略大些的男孩。

我从来不愿靠近那座小院，说不清是出于仇恨还是畏惧，假如不是"文革"让一切都乱了套，一个将军如何会平白无故住到我们的宿舍里来，如何可以赶走别人还占去了公用场地？显然全院子的孩子都跟我的想法差不多，大伙儿表示愤慨的办法是从来不理睬小院

里的兄妹俩。女孩常常把大门开上一条缝露出脑袋,羡慕地看着在外边玩耍的邻家小孩,但一遇到这些孩子怨恨的目光,就赶紧把头缩回去。上学放学,她有时跟哥哥作伴,有时就只有她自己。只有一个人的时候,摁门铃就成了问题。门铃安得很高,高得让她踮着脚都够不着。有一次,我看见她在门边跳起脚来摁门铃,怎么也摁不响,见我路过,就眼巴巴看看我,又看看门铃,我明白她是想求我助一臂之力,但还是头也不回地走了过去。又过了几天,我看见她想出了自力更生的法子,踮起脚再举一根小木棍,将门铃摁响了。我因此对她有了一丝丝好感,她还小,还不懂得动用家庭的显赫凌驾于人。

现在这个女孩就躺在我的面前,躺在被雨水浸泡的草地上。我应该去她家里报信。

一推开那扇沉重的灰门,我就开始大叫:有人吗? 有人吗? 与其说是喊人,不如说是急于表白自己并不想偷偷溜进去干什么。没人应答,一连问了数遍,仍然没人应答。我不得不走进小楼,没敢从正门,而是从旁边的小门走进去。我希望第一碰见的人,是那个闷声不吭的勤务兵,不是这座楼房的大小主人。穿过锅炉房、厨房、餐厅,一直走到正楼的楼梯上,我的喊声依然没有唤出任何人来,整座楼如同被肃穆淹死了一样沉寂。我真的害怕起来,慌忙往楼下撤退,我怕楼上突然走出传说中的那个将军,对我大喝一声:你跑进来干什么?

果然当我刚撤到楼下,楼梯上就有人对我这样毫无礼貌地发问,不过不是上了年纪的将军,而是一个年轻军官。我吓得忙不迭如此这般地对他说了,那人连呼糟糕,趿着鞋就往外蹿。

当我再回到草地上，已经有一圈人围在那儿。一个邻居正在用长竹竿把女孩手里的黑色绳索挑开，还有人在旁边变了声调地大叫：把电闸拉了！把电闸拉了！现场的气氛十二万分紧张。我这才看清女孩手里握的是一条电线，她触电了。

闻讯赶来的军医开始给她做人工呼吸。一下一下地挤压，使她小小的胸膛发出咔咔的响声，好像肋骨将要断裂。等她脸上的苍白一寸寸被乌青浸染了，嘴角涌出的泡沫渐渐减少直至干涸，满头大汗的医生住了手，表示他已无能为力。接着一辆黑色轿车将女孩载走，人群缓缓散去。大灰门复又关闭了，人们仍然不曾见到传说中的将军，听说他们夫妇正在外地。

肇事电线被高高吊起来，附近拉了绳子以免有人靠近。这条电线的来历有特别，"文革"大乱时期，常有人借口抄资产阶级文人的家来院子里打劫，机关运动领导小组就给被劫目标每家装个电铃摁钮，用来告急。电铃装好之后，从未派上用场，电线却还一直牵在那儿。下午电业工人来检修线路，把这条电线拉了下来忘了复位。当时整条线路都拉了闸，几个女孩就用它当绳跳。我猜想将军的女儿一定看到其他女孩跳绳了，也想趁着别人都走开的空儿去重复她们的游戏，她不知道电闸已经合上了。

被黑色轿车载走的女孩，从此再也没有回来。听说这件事差点要了将军的命。不久以后的一个晚上，那个院中之院又有载重卡车驶入驶出，又有大兵们负重的吆喝声传出来。等到早晨人们出门路过时，发现平日里紧闭的大灰门彻底敞开着，门口留下许多脚印和车辙。跟搬来的时候一样神秘，将军家又搬走了。

空下来的小楼让邻居们好好参观了一阵子，孩子们欢天喜地重

新占领了楼前的空地。令人扫兴的是，那口小小的水塘被填平了，上边种了桔子和蔬菜，还砌了一溜结实的鸡窝。过了些日子，小楼的院墙和大灰门被拆除了，楼里搬进去好几家普通人家，除原有的正房外，将军家扩建的面包房、锅炉房、警卫员、勤务兵住房，至少可以住上两家。大路中间墙基的疤痕开始还有点碍眼，日久天长，风吹雨打人走车压的，也就完全消失了。一切都恢复了原来的模样。这家人旋风一样来了，旋风一样去了，渐渐很少再有人提到他们。只有我，一经过那块草地，尤其是小雨淅沥暮色渐浓的时光，就禁不住想起那个躺在草地上的女孩。

一连好多天，女孩的死都占据着我的头脑，挥之不去。凭着我涉世未深的直觉，认为害死她的正是她显赫的家世。假如她的家庭不是这样盛气凌人，她也许可以跟别的孩子一块儿跳绳，不必等到其他人散去再独自捡起带电的电线。我就此忽发奇想，要是把这个女孩的事情，写成一个独幕剧剧本，可能会很有意思。春天的黄昏、湿漉漉的草地，还有草地弥漫的某种特别的气息，都随着这个现在想起来太过超前的念头，鼓荡着我的心。

终于有一天，我鼓起勇气，把我的想法跟团里的一个编剧谈了，那人听了哈哈大笑，我被他笑得莫名其妙。等笑够了，他才说，小蒋，你大概还完全不明白剧本的创作规律，这里边必须有革命斗争的精神内涵，英雄人物的光辉形象，还得有跟英雄对立的反动派，你这里边呢？有什么？谁是英雄，谁是对立面？这怎么可以写成剧本呢？我被他说得无地自容，承认自己对写剧本一窍不通。编剧又给我作了一番革命戏剧"三突出"原则的启蒙，我心不在焉地听着，也不知他在说些啥。

我最初的文学创作冲动，就这样被编剧的一通笑谈给奚落得烟消云散，当编剧的野心也随之云散烟消。我又回到了练功、上课、跑龙套的日子里去。在此期间，剧团的领导班子做了些调整，由单纯以军代表为核心，改为军代表和业务人员相结合的模式。"文革"前有名望的演员们又有了一席之地，湖南省话剧团名演员叶向云，此时也从下放地调了回来，担任了业务团长。我把这件事当成一个好消息，飞快地报告了还在家中等待党组织结论的父亲。结果又一次燃起了我父亲把我调出话剧团的希望，因为在此之前，以他的身份，他根本无法跟军代表对话，现在的叶团长怎么着也是"文革"前的老熟人嘛。于是，父亲开始给叶团长写信，一次次表达他希望我继续回学校读书的愿望。叶团长拿着父亲的信，征求我的意见，说，你父亲认为一个孩子连高中都不能读完，是做父母的失职，这话说得很重哩。我心想，你叶团长就是演员出身，他总不能跟你说一个孩子学生不当当戏子，是做父母的失职吧？我当时已经感到自己当演员当不好，当编剧又当不了，也就动了回校念书的心。

　　于是，在进了剧团将近两年之后，我拿着一封介绍信走进长沙市教育局，要求回校读高中。那个坐在办公桌后边的中年男人，似乎对我这个奇怪的举动既不理解也不支持。他冷淡地问我，你在剧团玩了两年，还有心思读书吗？这个"玩"字我听着很刺耳，马上顶了他一句，不是玩了两年，是工作了两年。这种态度显然让对方不快，他歪着头想了一想，给我出了一个难题，说，市里的高中班插不进去了，你要真想读书，只能去二中的路口分校，那儿离长沙市有百多里，你愿意吗？我明知他要为难我，又不愿意求他，就硬着头皮说，去就去。那人说，你还蛮犟哒。我不理他，直直地看着他，等他

转开介绍信。那人见我这副模样，也就不再说什么，拿起笔在我的介绍信上批了几个字，又拿起一个红色印章，按了印泥，重重地盖在那行字上。

我的人生道路，从此又一次改变。

重返学校　再读高中

长沙市二中路口分校离市区的确很远，我提着背包和水桶脸盆，挤上长途汽车，颠簸了两个小时，才算到了那个地方。

我把介绍信交给了校办，在操场的树底下等待分班，正赶上课间操时间，好多同学都围过来看，胆大的还东问西问的。当他们听说我是来插班的学生，脸上都露出一种疑惑的神情，我想可能是我的年纪比他们大了两三岁，模样也已经不大像一个学生了。

我在树底下等了又等，直到第三节课下了课，第四节课又上了课，才有一个年轻的女老师从办公室方向朝我走过来。

那个女老师笑盈盈走近，开口叫我，叫的竟是我的乳名，叫我吃惊不小，定睛一看，原来是九年前跟我同住一院的邻家女儿林小连。那是我家刚从北京搬到长沙时，文联的房子还没修好，就被安排在省人委的宿舍暂住。那是一个闹中取静的院中院，听说解放前是湖南省长何键的公馆，只有两栋小楼，住着三户人家，除我家和林家之外，还有一位姓王的副省长家。三家人每家都有四五个孩子，冬天堆雪人打雪仗，夏天支着帐子露营，彼此混得挺熟。后来我们家搬离了那里，又兼"文革"烽烟乍起，各家的父母都逃不出游街挨斗的圈，也就完全断了来往。"文革"高潮时候，我曾在街上碰到过一次林家妈妈，大热天戴着一顶蓝色工作帽，低着头匆匆而行，我一看原来她被剃了阴阳头，也没敢跟她打招呼。

林小连把我领到她的宿舍，让我先歇着，因为我插班的事老师们需要认真讨论一下，还得等一等。我说，不就是个插班读书的事，有那么复杂吗？林小连告诉我，现在教育部门正在抓教学质量，每个年级都分成高中低三种层次的班，分校的这五个班，十七、十六班是高班，成绩、纪律都是最好的，十五、十四班是中班，情况中等，她教的十三班是鸡毛班，都是些让老师头疼的学生，如果不是这样，她早把我插进她的班上了。见我还没太明白过来，她索性直言相告，因为你在剧团工作了两年，老师们也不知道你还能不能安心念书，所以各班的班主任都不大想接受你。

这个说法让我大受刺激，想我自上小学以来，从来是班上的学习尖子，今天居然落到一个无人接收的地步。这让我想起了父亲的"戏子"说，原来社会上对演员的看法都差不多，只不过他把这个让人不快的词说出了口而已。当时我就暗暗下了决心，非得学出个样子给你们看看。

老师们讨论的结果还算好，尖子班的蔡杰老师发了善心，答应先让我插到他的班上，不过也是先试读一个学期再说，假如实在跟不上趟，再做调整。就这样，我委委屈屈地成了一名试读的插班生。三十多年后，早已退休的蔡老师到海南来旅游，闲聊天的时候说起这一段，师生二人都哈哈大笑。蔡老师回忆说，那会儿正赶上邓小平重新出山，分管教育口的工作，提出要狠抓在校学生的教育质量，层层都有考核制度，这一段在两年之后再次批邓的时候，被指为资

产阶级教育路线大回潮。我重新回校读高中,正巧赶上了这一波,想来也还算走运。

就这样,我又成了一个在校高中学生,马上投入了紧张的学习。记得当时本学期已经过去好几周,再有两三周就要段考了,我得一边补旧课,一边上新课。分校对学生管得很严,每天除上正规课时,早有早自习,晚有晚自习,晚自习之后半小时,一拉熄灯铃,教室里就没电照亮了,大伙都得老老实实回寝室睡觉,这就非常限制了我的行动。为了加班补课,我用墨水瓶做了一个小油灯,熄灯后再自学两小时。林小连见我学得辛苦,知道是心理压力所致,就给我支招,叫我别参加近在眉睫的段考。理由是万一没准备好,仓促上阵,考砸了脸上不好看。这些话又一次刺激了我的自尊心。我向她表示,这次考试我肯定得参加,不光参加,还得考好。我的行动,也许感动了老师们,只要我去求教,都能得到很耐心的帮助,连我每天晚上违反规定,在课室里点灯熬油不按时就寝,都没人来干涉我。

段考成绩公布的时候,我把老师和同学都小小地震了一把。我的数理化语文政治和英语六门平均成绩为 97.4 分,名列全年级第四名,而十七班全班六十个学生,只有我一个人英语考了 100 分。蔡杰老师乐得合不拢嘴,马上表态说,试读结束,留在十七班当学习委员。又过两个月,等到这个学期结束的时候,我的名字在全年级的成绩排行榜上,已经跃居为第一位,并且在以后每次大考小考中,各科平均总成绩都在全年级名列一二名,其中最好成绩为六门功课平均 99.5 分。

比起在剧团里有些无聊的日子,农村分校的生活既艰苦又充实。优秀学习成绩带给我的成就感,让我沉浸于奋发向上的好感觉里，完全忘记了为毕业之后是否要下乡担心。稍微让我感到不适的，是每周一次的劳动日，因为体力关系，也因为不擅长体力劳动，一看到劳动日的标志挂出来，我就本能地发怵。分校的教学楼后边，是一大块红色丘陵地，上面种植着一行行茶树，在整个秋冬季节，我们的劳动就是要给这些茶树松土和施肥。到日子不管男女同学，每人一担笨重的木头粪桶，一趟趟把掺了水的猪屎人屎，挑到分工负责的茶树跟前，再用同样笨重的木头粪勺，一勺勺浇到树根上。这种劳动不光考验我们的体力，也考验着我们的心力，因为我们的劳动几乎完全看不到成果，更不要谈什么收获。

记得在那些寒冷的日子里，我们跟前的茶树撑着布满尘土与蛛网的老叶子，在湘北凛冽的风中一天天无动于衷地看着我们劳作。我不止一次对着满山如仿真盆栽般毫无生气的老茶树发愣，不相信它们还有长出新芽的一天。然而就在我的心情渐渐变得与老茶树一样无动于衷的时候，一夜的早春之雨就将整山整垅的新茶叶催将出来，同学们欣喜的惊叫也像夜来新绿落满茶树枝杈。我们摘下一片片新茶，断不曾想到这其实就是春的岁月消息。有收获的劳动叫人愉快无比，那天食堂里刚好有豆豉辣椒炒油渣的加菜，弥漫在四处的香气更让饥肠辘辘的人无比愉快。散工之后，我跟一个女同学坐在台阶上比饭量，吃了一份又一份，最后一数饭瓦钵，我身边三两的钵子一共六只，如果食堂没有克扣斤两，那我这一顿足足吃下米饭一斤八两。如果不是亲身经历，谁信？

天渐渐冷下来的时候，我们每个人带的一床棉被已经不够了，同学们纷纷打起了合床共被的主意。我也和一个名叫陈昶的女生结成了互助组，将我们的被子一铺一盖，再加上两个人的棉袄，夜里

睡觉就踏实多了。当然,这种踏实除了因为抵御了寒冷,另一个原因是可以缓解对"鬼"的恐怖。在我们学校周围的野地里,常常有飘浮不定的小火苗闪烁,有时候,还会有高一声低一声的啼叫声传来,物理老师对我们说,小火苗是磷火,属于自然界的常见现象,啼叫声出自一种鸟类,也不足为怪。但是老乡们并不这样认为,他们说无论是火光还是啼叫,都是"鬼"弄出来的。每天晚上,我们躺在床上侧耳细听,只要一有风吹草动,一人带头尖叫,全寝室立刻尖叫声一片,直到老师来敲门制止。

转眼间大半年时间过去,一种嘻嘻哈哈的氛围中,原来视为畏途的分校生活,很愉快也很迅速地成为了历史。高一学年结束,我们被轮换回城区校本部的时候,我对这个地处偏僻的分校居然有些不舍呢。

我拿着满是高分的成绩单,高高兴兴回到家里向父亲交差,已经接近旧历年关。时逢在北京工作的二哥也回来探亲过年,又有传闻说,父亲的历史问题已经有了结论,恢复党组织生活指日可待,家中的气氛自"文革"以来从未有过的好,我跟父亲的关系经过前面的起伏跌宕,也前所未有地亲近了。然而,人生无常,生命无常,那时候,我一点不曾想到,这就是我和父亲共同度过的最后一个春节。

读不读书 又成问题

1973 年的春节刚过,父亲死了。就在他被通知结束长达七年的政治审查,恢复党组织生活的当天夜里,年逾古稀的父亲出现了心肌梗死症状,几天之后辞世而去。他的离去给全家人带来精神上的灭顶之灾,也带来了我从未体验过也从未设想过的物质贫困,还有时时可以让一颗敏感稚嫩的心受伤的世态炎凉。

父亲尚未入殓之际,母亲向前来安排遗属的有关人员提出了我的就业问题。一位湖南省委组织部的高官亲口保证,等我念完下半年的高中课程,一定作为老干部落实政策的遗留问题,安排我留城就业。

可是当我毕业之后,这个"代表组织代表党"所做出的承诺成了空谷回音。寒冬季节的一个晚上,我找到那位高官休养的病房,苦苦等到两场内部电影放完之后,才见到了这位我想象中的"救星",对他重复一年前他自己说过的话。我看见他皱起了眉尖,很迟缓地转动着那颗硕大多肉的头,考虑了好一会儿说,我这么说过吗?这可是不太符合知识青年下乡的大政策呀。我已经感到大势不妙,可还存着一份希望,也许他真是贵人多忘事。当时我母亲曾提出组织部给我们一份书面安排意见,他浅笑一声说,您多虑了,要相信党相信组织嘛。我们怎么可能让牧良同志这样老革命的后代没有着落呢?好好读书最重要,到时候只管来找我。我陈述这个细节,试图提醒他,这显然使他不快。他挥挥手,很蛮横地说,找我?找我有什么用?我的孩子还得下乡呢。随着他的手势,秘书已经走到我的身边,我终于明白过来,这位组织的化身并非遗忘了他的承诺。堂皇的诺言在尸骨未寒的时候是安抚遗属的最好招数,他的任务只是要让死者入火为安。

我想我年轻得还很单纯的脸一定被这意想不到的打击改变了颜色,随着两行愤懑的眼泪泉水般涌出,我对这个顷刻间在我眼中

由可敬变得可鄙的大人物说出了一句连自己也意想不到的话：你要是死了你的孩子肯定用不着下乡了！这是一个求告无门的女孩表示愤怒的唯一办法，将为这句话付出什么样的代价，我已经顾不得了，嚎啕大哭着穿过高干病室宽大悠长的走廊。秘书追了上来，拦住我说，部长叫你回去谈谈。这可能是一个柳暗花明的信号，我明白，但我不想接受，我的气质中从父母那儿遗传来的湘乡人宁折不弯的犟气上来了，一个对我来说也许是很重要的转机被我放弃了。我很不识时务地对秘书说，跟一个说话不算话的人有什么好谈的！我把惊讶得不知如何应对的秘书甩在身后，跑出大门。

我变成一个待业青年，一个不合法的待业青年。我没有留城证。

那时候没有留城证等于在国外黑掉了身份的非法入境者，没人可以给你工作，连街道居委会办的小工厂也不可能接收你。父亲抚恤金的享用者是母亲、弱智的小哥哥和我，每人每月十五元，还得从中挤出在大学做工农兵学员的二姐的日杂费用，假如我不能尽快解决留城证问题，我的那十五元也可能保不住。母亲带着因弱智得以合法留城的小哥哥到居委会去要求工作，最后找到一个在郊区屠宰厂拔鸡鸭毛的活儿。他们早出晚归，每天在腥臭冰冷的水里把两手泡得皮肤死白血口遍布，才能按三分钱一只鸡五分钱一只鸭的价格计件领回工钱。每到月底，他们自己登记的数字，往往跟记工员的账本对不上号，总是鸡多了鸭少了。

我在家里操持家务，手忙脚乱地劈柴火生煤炉子买菜做饭，然后步行好几公里，把母亲和哥哥的午饭送到屠宰场去。我踮着脚走过血水和粪水交替横流的场地，等母亲他们当着臭烘烘的冷风勉强将简单的午餐咽下肚去，每天如此。往回走的时候，常常是手里的饭盒空了，眼眶里的泪水满了。

我开始有点后悔那天晚上的莽撞，要是自己不那么任性，说不定母亲和哥哥的处境也就不至于这么糟糕。我又一次走到高干病室的大门外，徘徊几度之后，最终还是提着饭盒走上了通往屠宰场的路。

在走投无路之时，我曾经去过话剧团，想打听打听是否还可能回到团里继续当学员。据说有个同情我的团领导，把我的想法转达给总团的军代表，那人听了很不高兴地说，剧团又不是她家的菜园子，她以为可以想出就出想进就进呀。我得到了这个回答，也自觉理亏，从此放弃复职的努力。

就这么打发着一个个前途渺茫的日子，我变得有些消沉了。好几次我对母亲说，干脆让我下乡去得了，我肯定能挣工分养活自己。母亲说，傻孩子，靠你这点力气一年也赚不到两个十五块，你下乡照顾不了家，我还要替你操心。我只能承认母亲说的全是实情。无望像蛇一样盘踞在属于我的白天与黑夜，一天天被我的烦闷喂养着，越来越茁壮。

那个改变了我一生的机会到来的时候，并不太叫人兴奋不已。我相信所有的人在细细回味往事时，都惊异自己怎么就那样轻易地与一个改写人生的机会相遇或者失之交臂，我也一样。现在，我真想把那个意义非常的日子浓墨重彩渲染一番，以强调它在我生活中不同一般的重要性，可是做不到。它来得太让人不经意了，差不多可以说是微不足道。

时间已经进入了1974年，冬天早过去了，春天只剩下一个尾

巴,长沙人已经开始在晚饭光景把闲了半年的竹床摆到街上来了,而我已经可以比较从容地应付家务,同时不再对自己的处境揪心揪肺地思虑了。

我在王阿姨下班的路上碰到了她。王阿姨是著名作家康濯先生的妻子,在湖南人民出版社做着副总编辑,从1964年开始我们两家就是邻居,虽然当年两家的男主人在工作中关系处得并不怎么太好,但由于"文革"时期都遭遇了不幸,反而生出些同病相怜的心思。我像往常那样跟王阿姨打过招呼让她骑车通过,却见她从车上跳下来叫住我,对我说,出版社有一个临时工作要找人做,不知道你愿不愿意去?我说,我没有留城证。王阿姨说,不是真正的临时工,只不过去把一份英文画片上的拼写错误改一改,不要留城证。我赶紧说,愿意愿意。她说,那你明天到出版社去找我吧。

第二天,我在出版社总编室领到一堆英文印制的长沙简介,上边有个单词里多拼了一个字母 I,我得把它用刀片轻轻刮掉,尽可能不留痕迹。这种工作对年纪轻轻的女孩子来说实在不是什么难事,加之我又特别珍惜它,事情就做得又快又好。第五天的时候,所有该改的画片都改完了,我磨磨蹭蹭把桌子上的小纸毛掸干净,想到明天再也不能到这个窗明几净的办公室里来干活儿了,满心都是惆怅。总编室主任姓郭,是个矮个子中年妇女,大约见我干活儿很卖力,也听说了我家的困难,心里很同情我。她把一张五块钱的钞票递给我,并让我在一张领条上签字,带着歉意说,活不多钱也很少,不过以后我会留意,有别的活儿再叫你来干。我眼泪汪汪地谢过她,揣着得来不易的五块钱,也揣着一个朦胧的希望走出位于长沙市展览馆路的出版社那座灰色的砖楼。那时候,我还不知道一个转机就在前边等着我。我的编辑与写作生涯将从这座灰楼里开始，贯穿我今生所有的日子。

有了这次打短工的基础，我跟出版社建立了某种关系。后来我又在那儿获得了抄写稿件、看守传达室，以及在纸张仓库裁纸的机会，虽然也是时间很短、报酬很低的工作，我都满怀感恩之心接下来，并且非常努力地完成。与此同时，我还在不断地给组织部门写报告，申述我父亲去世后他们的代表对我家的承诺，以及后来拒不认账的事实。

终于，在1974年年底，当时的湖南省革委会主任万达，在我的报告上做了批复，责成组织部门解决我的工作，落实老干部政策，解决其子女的遗留问题。我被招进湖南人民出版社，作了一名有正规编制的校对员，从此结束了我的散兵游勇生活。

蒋子丹，作家，现居海口。主要著作有小说集《左手》，散文集《乡愁》，长篇小说《一只蚂蚁领着我走》等。

我知道黑夜的悲伤

夏　榆

如果一位母亲能够杀害她自己的孩子，

那么留下来的就是你杀我和我杀你。

这中间没有界限。

——特蕾莎修女

　　我出娘胎没有一刻钟就被扔到撒满草木灰的土炕上。

　　土炕是石头和黄泥垒砌的，那时候正炙热温暖。房间里的光线昏暗，接通土炕的炉灶炭火通红。房子也是石头和黄泥垒砌的，低矮、窄狭，白天要借助窗外的日光才能看清楚房间里的景物。我被扔到土炕上，扯开嗓门大声啼哭。母亲看见了我的样子，但是她完全没有力气管我，只能任由我啼哭。像猫爪挠心，母亲说那时她就感觉是猫爪挠心。

我的哭声像猫叫春的嗥叫。

猫的叫春基于交配的欲望,我的哭泣却缘于痛楚和恐惧。

我被扔到撒满草木灰的土炕上,长时间没有人理睬。房间里的人,那时在昏暗中陷于一片混乱。

我在挤出母亲阴道的时候她的子宫大出血,她陷入长久的昏迷。俗话说,十月怀胎,我可能是不愿意出来,在她的体内多住了一个月。很多人在我出来以前预言母亲难产。那时她还挺着大肚子挑着水桶去街上挑水,挺着大肚子在后院里搬煤、洗衣做饭,她的肚子浑圆而尖挺,走路看不到脚面。街坊们看到她的样子都很惊讶,有年长的妇人甚至夺去她的扁担和水桶,把她赶回家去。

那年母亲二十五岁,已经有了三个孩子。

我看到过母亲那时候的照片,照片已经发黄,它们和众多的老照片一起镶在一个相框里。母亲梳着两只齐肩的麻花辫,穿着白色的衬衣和蓝色的裤子,一根带的白底黑布鞋。她的容貌年轻而清秀,目光清澈凝视着远方。和她在一起的是一所技术学校的男女同学,他们一样的年轻,一样的纯静,一样的意气风发。我看到在照片的上端留着白色的字迹:西北煤炭技术学校留念,摄于 1956 年 12 月 5 日。

母亲住在矿区的一幢平房里,在那幢平房的周围有很多幢类似的平房,屋顶堆积着过冬的柴禾,矗立的烟囱飘出浓黄或幽蓝的炊烟,它们被称为煤矿家属区。我出生的时候是冬季,石头房的窗棂上结满冰凌花,门开的时候,寒风会把白色的霜雪和煤尘吹进来。我出生的时候父亲如临大敌,他用铁锹在灶膛里加了大块的煤炭,

使它们烧得通红。他请来接生婆黄麻妈伫守在家里，父亲按照黄麻妈的建议在土炕上撒满草木灰，这是为避免生产时大出血采取的措施。父亲还准备了红糖和鸡蛋，买了羊肉，等等，随时准备给母亲补血和增加营养。母亲在幽暗中等待着肚疼的来临，她肚子疼痛的时候就是我要出世的时候。

我在母体中的情景现在已很难记忆。我甚至怀疑在那个时刻是否有过记忆。可能的情形是我有记忆，但是我的感官和知觉不能抵达，我只有依靠母亲的记忆去回望和感知那个时刻。

临产的时候，从母亲的子宫流出来的血冲开了垫在她身下的草木灰，浸泡着她赤裸的身子。

接生婆想尽各种办法逼迫我出来，她甚至用一条布袋狠狠勒着母亲的腹部，试图挤压我出来。

这是一种生死搏斗。我现在不能理解当初为什么不能顺利而出，我只能理解那是我的宿命。

我命定要经历这样艰难苦痛而血腥的时刻，经历这些晦暗不明生死幽玄的时刻。

我被接生婆从娘胎逼迫挤压出来的时候，从母亲子宫冲出来的血液也奔涌而出。

那时人们已经顾不上我，我被扔到撒满草木灰的土炕上。人们急于要唤醒血泊中昏迷的母亲。站在昏暗角落里的那个男人是我父亲。他的神情有些慌乱，在屋里的女人们仓惶地乱作一团的时候，他显得手足无措。接生婆被吓傻了，她没有任何办法能阻止从母亲身体里流出来的血。那些血漫过她的手指，不住地涌动，铺着草木灰的土炕就成了血泊。

踩着三寸金莲满脸麻子的接生婆黄麻妈跟父亲说："你女人怕是活不成了。"

从母亲子宫里奔流出来的血也吓坏了父亲。他的眼睛发直，嘴唇发白，舌头僵硬。

慌乱是在午夜平息的。矿区保健站的妇科医生背着药箱骑着自行车仓惶地来到我家。

她把自行车停靠在我家的矮窗下，挎着药箱就进入屋里。她看到了躺在血泊中的母亲和被扔弃在草木灰中的我。那时我并不重要，重要的是躺在血泊中奄奄一息的母亲。父亲对妇科医生说："你救救我女人，我给你跪下。"下跪是父亲所能想到的最激烈最诚恳也是最绝望的行为。然而医生并没有接受他的下跪，而是直接走到母亲身边。她把药箱放在炕上，打开，从里边取出她的橡胶手套，手术用的器械，刀、剪、钳、镊。她神情镇定，手脚麻利地为大出血的母亲施行止血手术。

清晨的时候，天光大开，屋里的光线也渐渐明亮。母亲的子宫停止了血液的奔涌，她从昏迷中苏醒，睁开眼睛。这时候房间里的人们才开始想到我，父亲把我从草木灰中抱起来，母亲的苏醒使他的慌乱减弱惊恐消失，他的神情恢复了常态，他把长着胡髭的脸埋在我的双腿之间死命地亲。他喜欢我的双腿之间长出来的那个东西，他叫"把儿"，他胡乱地亲着，吧吧地吸吮着。父亲的热情是我不能适应的，父亲的爱和不爱都使我不安，那时我能做的就是哭泣。

我只有哭泣，这是我来到人间后所能使用的唯一的表达方式。

一种哀苦和伤痛，就那样寻找到我的喉咙，它们通过我幼稚的喉咙释放出来。

那就是哭泣之声。我用尽浑身的力气，蹬动双腿，挥动双手死命地放出哭泣之声。

与其说我是被母亲生产的慌乱、疼痛、惊恐和血腥吓住，不如说我是被人间的景象吓住。

那间迎接我出生的昏暗的石头房子，那些隐没在昏暗光线中的人的面孔、身形和声音，以及通过这些面孔、身形和声音显示出来的惊恐是我最初阅历的人间景象。这是令我畏惧的事物。我猜想，这也是我哭泣的缘由。

我彻夜啼哭。夜愈深，恐惧愈久，我的哭泣愈盛。

人们拿我没办法，他们只是感觉烦躁不安，感觉头痛欲裂。

最受煎熬的是父亲。他要侍候产后大出血的母亲，又要哄我。我那时候的样子并不招他喜欢，刚刚脱去胎衣的我，身上还沾满羊水和血迹。本来接生婆黄麻妈应该为我洗涤，可是她被母亲濒死的样子吓住了，完全顾不上她应负的责任。父亲就那样抱着我，他的手掌粗硬，手指干枯。他的手臂间坚硬的骨骼硌得我生疼，他的身体有一种尘土的气息直呛着我，让我不舒服，我本能地抗拒父亲的怀抱。父亲心烦意乱的时候就打我，把我丢在炕上，用巴掌朝我的屁股猛拍。

这样做的结果是我更大声，更持久地哭泣。

"你老子快让你给逼疯了。"多年以后，我坐在一间昏暗的石头房屋里，就着燃亮的蜡烛听接生婆讲我的故事。这是接生婆在人世弥留的最后时刻。我按照母亲的指引找到了她。她住在高高的山冈上，那里有很多石头房屋，那是矿工们自己从山涧取石盖起来的。

在那些石头房屋的周围长满枯草和荆棘。我踩着蜿蜒盘旋上升的石阶上去，推开一扇吱哑作响的木门，屋里的浑浊气息使我短暂地昏眩。这时我已人到中年，心肠和意志坚定如铁，我坚持着走向那个躺在土炕上满头白发脸容枯干的老妇。这是目击并掌握着我生命全部秘密的女人。

"刚生下你那阵子，你老子是想扔了你，他不想拉扯你了。"接生婆黄麻妈声音颤抖，气息微弱。

"你妈生你大出血，差点要了命。你老子要下矿井，要照顾你们，他都快让你们给逼疯了。"黄麻妈说。她说的我们是指我的哥哥和两个姐姐。

接生婆说，我能活下来算我命大。以我那时候的状态，被丢弃应该是必定的命运。

在矿区人们会生很多孩子，那时还没有实行计划生育，男人无限度放纵欲望，女人也没有学会避孕。在靠近家属区的地方就是遍布乱石的荒原和长满乱草的山冈，有河水在那些荒野之地流过，河水是黑色的，那些黑色的水流是从远处的矿井里排放出来的污水，它们流到河道里，跟自然的水流融合。那时在矿区经常会有婴儿被丢弃或溺死。在河岸，在山冈，或者在野树丛里，有时候就出现被丢弃的新生婴儿。那些生下来，不被重视或者被厌弃的婴儿，在他们到达人间的最初时刻就被结束了生命，他们还根本来不及看到人间就被迫闭上了眼睛。

接生婆黄麻妈做过这样的事，溺婴和弃婴。溺婴，就是把新生的婴儿放到灌满水的洗衣桶里。弃婴就是把婴儿丢弃到荒山谷里。这些事情的残酷，听起来令人不寒而栗。我在见到黄麻妈的时候，

一直不想触碰她的手，我觉得她的双手残留着溺亡和被遗弃婴儿的死亡气息。

接生婆黄麻妈最后死在她的石头屋里，这个老太婆一生寡居，没有后人。

她在死去三天之后被前来收取卫生费的人发现，送到殡仪馆化为一缕青烟和一抔无人领取的骨灰。但是我记得我跟她的谈话。记得她在临终时讲述过的我出生时的情景。

她抱着我走向后山的深谷。我被用襁褓包裹着，黄麻妈按照父亲的交待要把我扔到深谷里。

那天并没有风，但是寒冷刺骨，山上没有消融的积雪使道路光滑。黄麻妈踩着那些积雪抱着我走，我暂时停止了哭泣。我被围在襁褓里，我当然不知道等待我的是什么样的事情。那时候无论是灾祸还是福祉，我都没有办法预知，我不知道父亲不想拉扯我。那是临近黄昏的时刻，黄麻妈抱着我，她已经收取了父亲交给她的十块钱，那是她负责接生的费用，也包括把我丢弃的费用。收了钱就要把事情处理好，黄麻妈想着把我扔到深谷里就可以了。她这样处理过别的刚出生的婴儿。

但是在她把我放到深谷的坡地时，我开始了哭泣。我的哭泣穿透遮盖着我的襁褓，在深谷里回响，这使黄麻妈无法离开，她站在那里犹豫彷徨。她本来应该溺死我，如果按照以往的做法，溺死一个婴儿是最简单的办法，但是她选择了丢弃。虽然她做过很多次，但是溺婴和弃婴，这两样都是让她良心不安的事情。

"我这辈子是丧了良心的，"黄麻妈在最后的时刻对我说，"可是把你从后山扔了又捡回来算是我积下的德。"

就像黄麻妈说的那样，我又被抱了回去。她推开我家石头房屋的门，把我重新放到土炕上。

她对父亲说："你安顿的事情我办不了，你自己办吧，你的钱我退给你。"

黄麻妈没有收父亲给她的钱，残存的天良让她畏惧把我丢弃在山谷的行为。

父亲也没有坚持，他顺水推舟把我接过来。事实上在黄麻妈抱走我以后，父亲就陷于内心的挣扎和搏斗。因为那时候母亲咆哮着像一头母狮，母亲知道父亲偷着要把我丢弃的时候就要跟父亲拼命。

她手指着父亲的鼻子骂："你扔弃自己的亲骨肉，天打雷劈！"

我逃过了初到人间的劫难。我没有像那些被遗弃的婴儿那样闭上自己的眼睛。

我的身体没有冰凉，我的幼稚的骨肉没有给那些游荡在荒原山谷的野狗恶狼充当食物。

但我并非就此避开被弃的命运。如同我在初生时看到的慌乱、惊恐和血腥，被弃是我最早阅历的人间景象。

那时我继续哭泣，哭泣是我对世界本能的反应，也是我唯一的表达。

我说不出我到达人间之前的所见，只能说出我初生时对人间的所见。

是的，我降生到这个星球。宇宙中浩繁星河的一颗星辰。我如同一粒尘埃飘落在这个巨大的星球之上，和无数的尘埃混同在一

起。那些尘埃就是我的父亲和母亲，兄弟和姐妹。在一间石头垒砌的昏暗的房屋，我看见了他们。

我的抵达带给我永久的困惑。我一直想搞清楚，在我经由母体到达人间之前，我在哪里。

我是这个肉身吗？我跟随着肉身存活或者死灭吗？灵魂是什么？它是不灭的吗？这些问题对哲学家、神学者和诗人来说是普通而寻常的，但对一个生存在黑暗之地的孩子来说是恒久的疑难。多年来这个疑难持久地困扰着我。

开始我以为人诞生在哪里并不重要。诞生在哪里似乎没有根本性的差异。后来在我走过了这个星球的不同纬度，走过了不同的国家，看到不同的种族和文化的时候，我发现人在哪里诞生有着全然不同的命运。现在我的书桌之上放着一个可以旋转的地球仪，蓝色的海洋，由各种斑驳的色块构成的亚欧陆地以及美洲大陆组成这个星球的全貌。是的，我们作为一粒尘埃降落在哪里有着全然不同的命运。降落在非洲的索马里，就会世代经历饥荒；降落在中东，就会终生饱受动荡、离乱和战祸；降落在欧洲，就会享有它辉煌的文明。我降落到中国北部的矿区，就命定经历黑暗和困顿。

最初的惊慌、恐惧和血腥以及被遗弃是我抵达人间之初的体验。作为稚弱的生命体，我的意识可以是沉睡的，智能可以是低弱的，但是我想我的灵魂是明白的。它看到并体验现实的一切，它清楚地预知现实和未来。这是我哭泣的全部缘由。就像我后来常说的，一种声音找到了它的喉咙。

那时候黑暗是我惧怕的。

在我成年后,我做了矿工,穿行着一座黑暗的矿井,经历着更为严酷的生存。

直到今天,我在夜晚睡眠的时候也要开着一盏灯。我需要光亮卫护着自己。

光亮我以为是可以隔离和驱除黑暗的一种力。

我总以为在沉沉的暗夜中,有一类生命睡去,同时又有一类生命醒来。比如鬼魅和幽魂。

那些无形的生命会随着轻风游走,它们在你的身边聚集而你却浑然无觉。

而夜晚就是那些生命的舞台,是它们演练的操场和奔驰的疆土。我看不到它们,就像我看不到花朵的呼吸和草木的生长,看不到星辰的坠落和岩石的裂变,看不到不等于不再发生。就像我初生时的哭泣,我现在不知道我看见了什么,不知道我当时经历和体验了什么,只知道我的哭泣。彻夜的啼哭。在午夜的时候,我的啼哭不仅使人烦躁,而且也使人畏惧。因为人们并不知道发生了什么,他们的眼睛看不见无形的生命,只能看到有形的景物。然而,对于无形的生命,人们总是怀有莫名的畏惧,因为那是他们无从把握的。

多年后母亲讲起她的感受,她说:"妈让你哭得心疯了。"

那时候令母亲深陷困扰的除了我的哭泣,还有从一座空楼里传出的哭泣。

空楼临近我们的家属区,是一座四层楼的建筑。当时刚刚兴建起来,还没有住户搬进去。

那幢空楼临时被用来关押犯人。所谓犯人就是历史有问题的人,地主、富农、反革命、坏分子和右派。在矿区他们是被揪出来的

人。我出生的矿区是黑色的，但是却被命名为"红色×矿"。矿行政机构被命名为"红×矿革命委员会"。那些矿工们有成分为地富反坏右的，就被革命群众揪出来，关押在那幢空楼里。为了惩治这些人，有人在空楼里设了水牢，其实就是把澡堂改建成关押犯人的地方。那些被揪出来的坏分子泡在污水中，被人用麻绳沾水抽打，他们忍受不了皮肉之苦就发出哀嚎的声音。那些哀嚎的声音从窗口传出来，在街道回响。

关押在空楼里的人，经常会有人自杀，他们或者破窗跳楼，或者用绳索把自己吊死在窗棂上。空楼里经常爆出哭泣。那些声音和我的哭泣遥相呼应，使母亲的精神几乎陷于崩溃。母亲坐月子的时候头上扎着棉头巾，身上穿着加厚的层层的棉衣棉裤，但是她还是无法抵御内心寒冷的感觉。每到我开始哭泣的时候，母亲就感觉到周身冰凉。

没有办法。我害怕黑暗。夜色降临的时候就是我开始哭泣的时候。贴在玻璃窗上的漆黑的夜色让我害怕，窗外在微风中摇曳的树影令我畏惧，在冬夜中阵阵吹过的风声使我恐惧。作为一个初到人间的婴儿，我是孤独的，更是幼稚而脆弱的。我的敏锐的知觉和灵异的感受使我更加清晰地意识到夜空中蕴藏的不安，那些响彻在空楼里的鞭笞声和被鞭笞的人的哀嚎和呻吟，以及伤悼死亡的哭泣，几乎彻夜不休。

因为恐惧和惊悸，我没有办法安睡。我只有哭泣，哭泣是我在那个时刻唯一的反应。

父亲被我的哭泣搞得异常烦躁，他不知道我经历了什么，我的啼哭带给他不祥的感觉。

母亲在那时是痛心的,她爱我。在我出生的那一刻她就深爱着我。她像母狮护持着幼子,她希望我安宁和快乐。而我无休止的哭泣令她伤神而凄楚。

现在,我经常会游走。由于新闻职业的缘故,我会奔走八方,漫游四海。

然而我一直觉得迎接我出世的那间石头房屋,那片凌乱的家属区,那个终年漂浮着烟尘的矿场是我从未离开过的。它们一直在我的记忆中,也在我的精神里。我经常会梦到它们,相隔一段时间它们就会自然地出现在我梦境之中。我想如果我的生活是一个无限扩展的圆周的话,我的故乡和故乡给予我的经验就是那个圆周的核心。

2005年的冬季,我到达挪威奥斯陆。我应邀前来做诺贝尔和平奖颁奖典礼的采访。

每年的12月10日是诺贝尔的纪念日,也是颁奖日。挪威诺贝尔委员会主席奥瑟·丽安丝夫人在她的演说中强调和平的意义时说:"和平工作意味着,所有国家的人民过上更保持人的尊严和毋须恐惧的生活是可能的。"

1979年的冬季,挪威诺贝尔委员会决定,把这一年的和平奖授予加尔各答的特蕾莎修女,罗马天主教修道会、教会慈善事业的创始人和领导者。

一间黑暗的影视厅里,电影机正自动播映着特蕾莎修女在1979年12月接受诺贝尔和平奖的实况影像。这个头上永久缠着白色头巾的小个子妇人站在挪威高大恢弘的市政厅面对世界表达

她的所见:

这个世界上有这样多的磨难,这样多的仇恨,这样多的痛苦,我们带着我们的祈祷,我们的奉献,就在自己的家里开始吧。爱在自己的家里开始,并不在于我们做了多少,而在于我们的行动中注入了多少爱。我想让你们找到这里的穷人,首先是在你自己的家里,在那里开始你的爱。

挪威诺贝尔委员会主席约翰·桑内斯教授在授奖辞的演说中说:

特蕾莎修女……十二岁时,她就感觉到了去帮助穷人的神召。她看见过贫民区的穷困和悲惨,在那里有病的人无人照看,孤独的男人和女人躺在街头等死,成百上千的失去父母的儿童四处游逛,无人照看。就是在这些人中间,她感到了工作的召唤。特蕾莎所领导的修道会开始对成千上万人的救助,她的救助行动包括贫民区的学校、孤儿之家、流动诊所、麻风病中心、濒死者接待处、免费公共厕所等等。特蕾莎所领导的这个修道会的救助活动扩展至二十个新的国家,几百万人从这个修道会的社会福利和救援工作中受益。

特蕾莎修女在接受和平奖致答谢辞时说:

我们需要告诉穷人,对我们来说,他们并非无足轻重,他们也是由同一上帝之手所创造的,要去爱和被爱。让我们总是带着微笑相见,因为微笑是爱的开始。我们在《圣经》中读到,因为上帝说得非常清楚,即使一位母亲忘掉她的孩子,我也不会忘掉,是我在我的掌心把他雕刻出来的。

在诺贝尔和平中心暗黑的影视厅,我独自坐在一排木制长椅上,注视着屏幕上特蕾莎修女的演讲,她的声音细弱,并没有很强的音量,然而她安宁祥和的声音很温暖,现场的很多人用专注的聆听和持久的掌声回应她的祈求和祝祷。那时候,在冰雪覆盖的奥斯陆,我聆听着特蕾莎的演讲,遥望着我的故乡和我的道路。是的,如果能够,我愿意有那样的手掌,那是上帝的手掌,我们可以在他的掌心被雕刻。但可能的情形是我们在一个孤独的星球上孤独地生息,活着或者死去,不留任何坚固的痕迹。

"这小子是个妨祖货。"父亲被我的哭声搅得不耐烦时这样骂我。

"妨祖货"是雁北方言,就是俗语说的"克星"。父亲认为我是"克星"。

因为我的出世使母亲大出血,险些要了她的命。我的彻夜哭泣使父亲烦躁而愤怒。

黄麻妈把我从野地抱回来,放在石头房屋的土炕上对父亲说:"要丢你去丢,我是不敢再造孽。"

"婴儿在三月之内天眼是开的,婴儿的灵性之门还没有被关闭,它的灵魂还可以自由游走。"

　　接生婆黄麻妈这样对我说。对她的说法我半信半疑。我无法让自己回到前意识中，按照她的说法，我的意识就如同一面镜子，现在蒙满了尘世的迷雾，我很难看到前尘往事。

　　父亲无法阻止我的哭泣，他被我的哭泣折磨得近于疯狂的时候，就去找黄麻妈。

　　黄麻妈盘坐在一面镜子前，她的身下是一铺烧热的土炕，连接着土炕的是一火灶。火灶里有燃烧的大炭噼噼啪啪的声响。父亲对沉默着的黄麻妈说："您老给看看，我这个小子是不是中了什么魔怔，成天到晚不住地哭。"黄麻妈当着父亲的面掐着自己的手指。她是在掐算我的生辰八字。

　　最后她取出一张黄裱纸，放到油灯前，据说那张黄裱纸上画满神符，她把那张纸点燃之后化为灰烬。她还给父亲一包朱砂红，她说只要把朱砂红放在我的枕头下，放在我的胸口间就可以阻止我的哭泣。然而神符和朱砂红都没有能阻断我的哭泣。我依然害怕夜晚，畏惧夜晚的一切事物。

　　父亲又请来了医生，那位背着十字医药箱的保健站大夫骑着她的自行车又来到我们家。

　　她把冰凉的听诊器伸到我的衣服里，贴住我的肉身倾听我的心脏和肺腑的反应。

　　我不知道她能否检查出我真正的病因，但是她临走时给我开的药物还是奏效了。

　　医生给我开了复方巴比妥，母亲对这汉译药物的名字在多年以后都能脱口而出。

　　这是帮助安定的药物。此类制剂对改善病人的睡眠，对抗焦虑，解除烦躁，有重要作用。

我不愿意喝药，拒绝父亲用碗端给我的热水和研成白色粉末的药物，我甚至打翻了碗里的水和银勺中的药粉。我的抗拒激起了父亲的怒火，他坐到炕上，把我放在腿上，用手臂压住。

他粗暴地用手指掰开我的嘴，强行把白色药末兑成的药糊灌到我嘴里。还没等我下咽的时候，他就又把水灌进我喉管。就是这样。

我没有办法反抗父亲。作为一个婴儿，我无力反抗人间的任何势力。

突然就不哭了。我开始昏睡，常睡不醒。

习惯了我哭泣的人们在我停止哭泣的时候反而不适应。

这就是人做的事情，人发明了药物，医治病痛，也麻木着我敏锐的神志，摧毁着我灵异的神经。

我的灵觉短暂地保持了某些瞬间，很快我就和别的婴儿没什么区别。饿了就吃，困了就睡。我还任意地撒尿和拉便，把那些肮脏的东西弄得到处都是。这些也带给父母新的烦恼，但这烦恼比我彻夜的啼哭更可以忍受。

我的生物性生长起来的时候，灵性就被彻底遮蔽了。我的感觉被钝化，我开始适应这个星球的尘世生活。

总之我的神智恢复了安宁。那些夜晚不再使我恐惧，窗外摇曳的树影和风声也渐渐被我习惯。那些漂游的幽魂我也觉得是自然的一部分。

父亲开始抱我了，他仓促潦草地把我抱在怀中，颠着晃着，这是父亲催我入眠的方法。他希望我一天到晚睡着，这样可以不再烦

他。在父亲的怀里，我成为一个平常的或者平庸的婴儿。我曾经如电光一样敏锐的灵觉熄灭，我的魂灵开始蛰伏在晦暗的肉身，这是我降生在尘世中必须完成的转折和蜕变。

没有人关心和注意我灵性的变化，他们只关心我肉身的成长。我不再动辄哭泣，我能够坐立，能够爬行，可以牙牙学语，我开始带给大人们快乐。他们在我能够坐立的时候，在我可以爬行的时候，像玩赏小动物一样，把玩我。

我成为一个智能平庸、生物性膨胀的幼儿。

父亲并不能一直抱着我，他还有很多事情要做。他要去矿井做工，在每天的清晨，天光还未亮，他就要起来，为自己准备食物。父亲用一个铝制的饭盒装好他自己蒸煮的窝头和米粥，包括他自己腌制的咸菜，然后骑车出门，他要穿过暗黑的街道，在铺满煤渣的道路上疾行，两个小时后到达他所在的矿井。

那时候的矿井实行军事化管制，班前要政治学习，下井之前要吹冲锋号，迟到或早退都会受到惩罚。父亲是看盘工，就是看守着高压电的输送，维护矿井的供电正常运行，这个工作责任重大。

父亲工作之后，母亲很快也恢复了工作。母亲是矿井的机电工，她会背着钳子、改锥和工具刀到矿井里巡查，有事故就当即处理。在矿井这应该是男人做的事情，但是母亲做了，她是矿区最早受过机电技术训练的妇女，在母亲当年就读的那所西北煤炭技术学校，只有她分到了矿区。

父母亲出去工作，照顾我的任务就落在大姐身上，大姐那时十二岁。

她要照顾二姐和哥哥，也要照顾我。二姐患了小儿麻痹，九岁了还不会走路，她的身子缺钙，不能直立行走，要走也只能扶着墙壁。二姐的疾病成为母亲的心病。因为忙于工作，父母完全没有时间管我们。他们把我们锁在家里，我渐渐地可以坐立，可以爬行。我的背上系着红腰带，腰带的长度可以使我满炕爬行而不至于摔到地上。

大门锁着，门窗紧闭，绑我的红色腰带挽在高高的窗棂上，那是我伸手都探不到的地方。我的活动范围仅限于炕上。我属于爬行动物，那时如果站立，我就只能站立在窗前，只能透过窗户看到屋外的情景。我和哥哥姐姐就站在窗前，看着阳光照射的光影移动，看飞来飞去的蜻蜓和苍蝇。玻璃窗是紧锁的，母亲是想到了各种危险，她是要力避我们所能接触到的任何危险。我们被隔绝在危险之外。

然而那时有更大的危险正在我们的生活中上演。

先是有枪声在街上出现，从窗外我们总能看到成群结队的人从街上走过。他们挥舞着手臂，高喊着口号，表情严肃而激动。我甚至能看到有人被捆绑着穿街而过。高挂在街上电线杆的大喇叭整日轰响，但所有这些骚动都在我们的视界之外。

我们就像山间的动物，自己照顾自己。

母亲出门的时候会把食物放在我们能够到的地方。那些食物有饼干、馒头或者窝头和水。这是母亲所能想到的，她想不到的是我们还会把别的东西作为自己的食物。

每天黄昏到来的时候，也是饥饿来临的时候。我们伏在窗台等待着父母亲回家。等待是漫长的，有时候我们会在饥饿中睡去，当然也会在饥饿中哭泣。等不到母亲回来，我们就自己想办法解决饥

饿的问题。二姐喜欢喝自己尿出的尿液,大姐喜欢舔食墙壁的白土。我们并没有觉得异常。此时,我们是完全脱离了保护的小动物,听凭生物性的本能行动。

那时我们所能体验到的狂欢就是屋外响起脚步声,门锁开动的声音。父亲或母亲回到家来,那是我们解放的时刻。

我完全忘记初来人世看到的恐惧,忘记我的迷惘。我沉溺在短促的快乐和简单的幸福中。

母亲回到家里,我就会去解她的衣服,我寻找母亲装满奶水的乳房。抱住母亲饱满的乳房的时候,我就感觉踏实和安宁。我吸吮着奶汁,下咽的时候我的肺腑发出咕咚咕咚的声响。吃奶是我的特权,我的哥哥和姐姐们只能眼馋地看着我在母亲的怀抱中,享受着饱食的欢乐。

父亲很少回家。偶尔回到家里就见他背着一杆长枪,有时候是扛着一杆长矛。

他回到家里来的时候,神情总是紧张和慌乱。他和母亲嘀嘀咕咕地说着什么话。

后来,我听父亲说,那些枪支和长矛是他抢来的。警备区的军火库被人抢了,那些造反的人把军火库里的长短武器也都抢走,他们在街上武斗,跟对手火拼。矿工们站立两队,有人点名问他们:糟派还是好派,说糟派的站到一队,说好派的站到一队。然后两队就开始武斗,用棍棒和枪械打,有人被打伤倒在街上,没有被打伤的四散奔逃。那时街上随时会响起救护车的声音。

街上的武斗是我看不见的,我能看见的只是父亲偷偷背着枪回到家里来的紧张和慌乱的神情。他的脸色发白,说话时舌头僵硬。

有人在街上发现有武斗战死的尸体，赶来告诉父亲。

那些尸体被盖着席子，在街头暴尸很久被人拉走。

我不感到害怕，那些械斗和枪战发生在长街和深巷中，在我们的感知之外。

我只要抱着母亲给买来的布娃娃就什么都不管了。只要有奶吃，外部的世界就不存在。

喇嘛尊者说："儿童时期是整个生命结构的基石，在此时播下的种子日后将绽放出生命的花朵。"

现在我触摸到我生命结构的基石，那就是我性灵的蒙昧和混沌。

我的生活空间被打开，跟母亲后来担任街道妇女干部有关。

她走到哪里，我就跟随到哪里。那时候母亲参加最多的就是批判会。她和一些家属们经常聚在一起开会，内容就是批斗那些被揪出来的历史有问题或现行有问题的人。母亲背着我，她用一块布把我从后腰兜起来系在腰间，这样我不管是醒着或睡着都不会影响她做事情。开会选择在人家里，轮流着选，选定了就聚到一起。

成分不好的人被轮着批斗，地主、富农、坏分子、反革命和右派，有类似成分的矿工家属就被定期批斗。妇女们让那些被批斗的人挂起大牌子，牌子上写着被批斗者的名字，名字上画着大大的叉。那些被批斗的妇女站在凳子上，垂着头接受批判。在这些妇女中间并没有多少人可以够格做地主、富农和反革命的，有一个小脚女人被批斗是因为男人曾经在日伪时期做过把头，妇女们就把她揪出来批斗。那个小脚老人每天要站在凳子上接受批斗，她被勒令交待罪

行。实际上并没有罪行可以交待，但是不交待不行，小脚老太太就说，最近有鸡瘟，好几家都死了鸡，那些鸡就是我害死的。

这样的场景成为日常的场景，也是中国城乡最普遍的场景。

我那时就混迹在这些革命的妇女中间，母亲在批斗会上就把我放在炕上，她让我自己玩。我就在那里爬行，我在那些女人之间来回爬，只要我不摔到地上，我是可以任意爬行的。

那些女人高举的手臂，高呼的口号，那些为认罪弯下的腰低垂的头，对我来说如同戏剧里的场景。

除了批判会，我参加最多的还有街头的游行，那多半是毛主席发布最高指示的时候，或者是某次全国党代会召开的时候。人们要去游行。在午夜游行要打着灯笼，母亲会自己糊灯笼，接到通知后，她就自己准备纸张——通常是用各种有颜色的纸张，赤橙黄绿青蓝紫，用这些颜色不同的纸张糊着各种形状的灯笼，灯笼里放着蜡烛，母亲就那样用一根长杆挑着上街。开始我是伏在母亲背上的，我跟着母亲参加到游行的队伍中，我看着那些手持着灯笼和彩旗的人们在街上走，他们呼口号，对发生在遥远的首都北京的最高指示表达欢欣之情。

后来母亲也会为我糊一只小灯笼。我在母亲的背上，手举着一只小灯笼。灯笼里点燃的蜡烛映照着眼前的景物。我在母亲的背上，跟随着大人们游行。我什么都不明白，就那样跟随着大人们走。有时候这支队伍里还加进从乡下来的姥姥，她打着灯笼，拐着三寸金莲颤颤巍巍地走在游行队伍中。那时候最让姥姥得意的就是我说过的一句话——在游行的时候，姥姥不小心把灯笼给点着了，火苗扑闪着，迅速就把灯笼点燃了，我对姥姥说："赶紧灭火，你要被人打成反革命呀。"

父亲有一只老式收音机。收音机放在衣柜上，回到家里父亲就会打开收音机，收听里边的广播。

在一个长方形的木匣里出现的男人和女人的声音令我好奇。我听不懂，但是我好奇人怎么可以进入木匣里边，怎么可以发出声音。这个好奇一直跟随着我，我很想看个究竟。母亲有时候会把我放在衣柜上，衣柜我们叫洋箱，如床一般宽，我可以在上边玩耍。那天我看到收音机，我就想看看里边的情况。我打开旋钮，看见里边的灯亮了，有声音传出来。我就那样转动着旋钮。

一个短波频率是被我不小心收到的。那是莫斯科广播电台华语广播波段。我当然听不懂。

父亲也听不懂，但是父亲却惊慌失措，他把我从衣柜上揪下来，扔到炕上狠揍我屁股。

"偷听敌台犯法哩。"父亲说。这是后来我再次收到这个短波频率时父亲告诉我的。

在那时，所有的国外广播电台都被看成是敌台。偷听敌台就是反革命。

革命与反革命，在那时已经深入我的意识里了。

革命有理，反革命有罪。这是我在那时看到的现实。

我能行走的时候也是母亲解脱的时候。

她不用再背着我，她可以去矿井工作了，我更多的时候是自己玩。

我能在街上跑的时候，姐姐和哥哥们上小学了，他们在距离家很远的地方念书。

　　家里只剩了我，妈临走时叮嘱我不可以乱跑，免得走丢。她把奶瓶灌满放在灶台，她嘱咐我饿的时候自己喝，烤成焦黄状的馒头和窝头都放在灶台上，那是我伸手可以够到的地方。母亲在我的脖子上套上家门的钥匙，她教给我怎么开锁，怎么上锁，这些我都一一学会。即使如此母亲也还是不放心把我丢在家里。但是没有别的选择，她必须去矿井工作，那是革命的工作。

　　我拥有漫长而充裕的时间，那时候时间就是一条在温静中流动的大河。

　　在我一个人的时候，石头房安静得让我害怕。挂在墙上的钟每到整点就会敲响，钟声敲响的声音让我紧张，我总是担心在钟里隐藏着什么鬼怪。房间里的寂静令我畏惧，我有时就大着胆子出街去。街道也是安静的，但是因为开阔和悠长，我的视野可以投向远处。我在街上来回走，街道是安全的，因为很少有人出现。那个时刻大人们出去工作，小孩们出去读书，只有我这样的小小孩会留在家里。

　　让我高兴的是，在空旷的大街上还有一个人，那个人负责在街道的墙壁上用粉笔绘画。他在每一堵墙壁上都用墨涂出黑色的底板，他用五颜六色的粉笔在那些黑板上绘画。他架着木制的梯子，人踩上去，就着黑板作画。我走过去，我的位置就在他的木梯之下，我仰着头在他的脚下看他作画。有时候整个上午他都不会出声，我也不出声。整个街道没有人声，只有阳光照耀着，只有觅食的鸡和懒散的狗在街道游荡。那些画是人物画，造型夸张。后来我知道他画的是什么，因为在矿区的街道、墙壁、道路两边的橱窗，甚至马路上到处都画着那些漫画，现在我知道那是"打倒叛徒、内奸、工贼刘少奇"的画作，伸出来的粗壮的拳头，拳头带有光芒，在拳头之下就是头颅大身体小的刘少奇和王光美的漫画,刘少奇的脸颊枯瘦,牙齿巨大。

那时我就是喜欢看那些怪异的漫画,我不懂但是很好奇。

那个人穿着蓝色的帆布工作服,在他的衣袖上蹭着各种颜色的粉笔灰。

母亲知道我在街上看那个人绘画,她吓唬我说:那人是哑巴,小心他把你抱走。

我没有管母亲的威胁。还是会在他到来时出去看他绘画。

哑巴会把那些漫画绘满街道的每一堵墙壁。每一堵墙壁都会有很多这样的黑板报,等距离分布。

色彩缤纷、造型各异的粉笔画带给我快乐,有很长的时间,我就跟着哑巴,我站在他脚踩的木梯之下,看着他绘画。哑巴是个面容清瘦身材也清瘦的男青年,他的嘴巴不能说话,眼睛却是会说话的。我看他朝我笑,我知道他对我的好意。我喜欢看他持着粉笔的手出现在黑板报时的状态,随着他手中粉笔的移动,那些色彩缤纷的线条就出来,人像的造型也出来。对我来说这是奇妙的。街道安静,阳光汹涌,只有我跟哑巴。我们是两个活着但又无声的生物。我们的交流不是用嘴巴和声音,而是用眼睛和神情。这个哑巴令我感到人性的温暖。他的安静和友好使我在他的脚下凝视他的时候感觉安全和踏实。

把我重新抛回到石头房里的是哑巴出事了。

有人在他的粉笔画里看到了错误。他没有给毛主席画耳朵。那是毛泽东身穿军装的侧面像,在他的背后是放射着金光的天安门城楼,毛主席神采奕奕,微笑着凝视着前方。有一对红小兵排着整

齐的队伍从街道上走过,他们手里拿着红缨枪。我看见队伍里有大姐,他们站到哑巴画出的版画前。有一个孩子看着毛主席的像说:"毛主席没有耳朵。"因为没有给毛主席画出耳朵就成了哑巴恶毒攻击毛主席的罪状,红小兵们从木梯上揪下了哑巴。他们让他停止绘画,用长矛押着哑巴开始在街上批斗。他们抢着皮带,呼着口号,这使我害怕。我跑回到家里,躲在窗户前看着那些红小兵批斗哑巴。哑巴挣扎着,那些孩子用绳索套住他的脖颈,绑住他的双臂,他的头被压下去,腰弯下去。

姐姐告诉我,哑巴被他们押送到矿革命委员会,据说他被打成"反革命"送到东山的看守所里。

有一天半夜,家属区突然响起女人的哭泣。那个女人哀嚎的声音在夜空里回响,令人恐惧。

女人的儿子在武斗中被手榴弹炸死。遗体被抬回到家来。

那天,在家属区出现帆布搭起的白色灵棚。女人就守着灵棚里的灵柩哀哭。

灵柩前摆放着她儿子的照片。那天晚上我突然又陷于恐惧之中,我不能闭眼。只要闭上眼睛就是那具棺材,就是棺材前那个被手榴弹炸死的青年的形象。

我终于又哭了。一种悲怆而恐惧的情感再次找到我的喉咙。

它们突破了药物和父亲的意志对我的镇压释放出来。

这深沉的黑夜中无法驱除的黑暗和恐惧再次使我大放悲声。

夏榆,作家,现居北京。主要著作有散文集《白天遇见黑夜》,长篇小说《隐忍的心》等。

夜蛾之舞

周晓枫

一

世界上什么东西的颜色最黑呢？

常识老师让学生深入思考。他年过半百，双鬓斑白，素以严厉著称，习惯运用祈使句的时候多于设问句。现在他用自己身体上最黑的瞳孔部分盯牢讲堂下的课桌，让我们限时给出正确答案。

多年后，我依然记得面对问题时当初的困惑。什么最黑？煤、火药还是写在白纸上的字？乌贼的胆汁、蝮蛇的鳞片？还是罂粟花紧实的籽粒？懵头懵脑的，我像只跌撞的蛾子找不到方向。

老师用实验来加深印象。眼睛贴近药盒上的锥孔向里看，我才知道，什么是真正的黑，绝对的黑——最黑的黑是难以被修辞的。无论是煤炭还是墨汁，它们的黑都摊在表面，可以被长久注视，对观

察者形不成侵犯；但黑洞毫无光线，黑得令人惊慌，它沉默着向你蔓延、渗透，仿佛要将一切吸附，直至把你变成黑的组成部分。我越来越浮升恐惧，因为在那种深邃而未知的黑里，能藏东西，并且把它铸成秘密。

夜晚的黑纸盒，空而盛大，顶端覆盖荒疏的星空……谁，将从那些被刺破的锥孔里窥察人世？身置高寒，大神是否备感权力的孤独？但无论怎样，众生都将屈服在月亮那被磨薄的有锈斑的斧刃之下。

经常失眠，我僵硬地躺在床上，独自熬过漫长静寂。从拉开的窗帘里，我可以仰望星空，或者，看看围绕灯柱的蛾子如何像稀疏的雪片飘飞。稠浓的黑暗里，什么，支撑夜蛾带着赴死的激情扇动翅膀，缭绕它的光源、爱欲、信仰和不能言明的迷惑起舞？假设夜蛾想追问的，不过一个关于火焰的秘密，那是因为好奇吗？抑或，它仅仅因为恐惧？

入睡前脱掉衣服，闪过几个噼啪的蓝火花。由于肌肤干燥，我习惯了静电，还有内衣上容易沾着一层浅白的皮屑，那因为衰老和挣扎而脱落的鳞粉……我怀疑自己，也曾是一只振翅的夜蛾。

二

从小胆怯，我不敢亲自撬开钟表的硬壳，掏取它精微的内脏……对秘密，我天然敬畏，但又饶有兴致和耐心，去观察修表匠如何擦洗金属零件中的油泥和积垢。

　　人类从伊甸园时代就受到警告，被驱出乐园，就是因窥破上帝秘密所遭受的惩戒。蛇加之好奇心的诱引，使夏娃摘取了善恶树上的果实。其实智慧与文明的起源，往往与好奇心相关密切。但这种尝试是不被鼓励的，好奇回首的罗德之妻因此变成盐柱，没有逃离被巨力之手摧毁的索多玛城。夏娃和罗德之妻，《创世记》上两个好奇心重而受到罚责的人物，恰巧都是女性；同样没有忍住好奇心折磨，从盒子里放出灾难的潘多拉，又是女性。也许这是男权话语背景下的书写，它们似乎在证明：女性缺乏足够的自控机制。当然从另一个角度分析，女性的自我意识觉醒更强烈，她们想象旺盛，不轻易屈从神示的命运。

　　曾因好奇，童年的我目睹惊恐一幕。后院有棵病树，许多叶子镶了一圈枯卷的黄边儿，过早脱落在树基，也由此暴露原本树叶掩映中的鸟巢。那是只空巢吗？还是藏匿着沙砾图案的蛋卵？是否已有雏鸟啄破气室，闭合眼睑晾晒着潮湿打绺的毛羽？我向上攀爬，浅裂的粗糙树干磨破了表皮，我依然不放弃。巢离得不远了，阳光穿透孔隙使它镶嵌着诱人的光斑。突然听到弟弟的尖声警告："姐，妈妈说不让咱们爬树。"我左臂拢住枝干，一边轻蔑俯视树下传达圣旨的胆小鬼，一边凭着感觉把右手搭向更高的树杈继续攀援。等炫耀中的我感觉异样，把目光转移到自己的右手……恐怖景象令我头皮发麻、惊恐万状。右手恰巧按在一堆密集的毛毛虫之中，黑压压、毛茸茸、肉滚滚的虫体，有的被突然拍降的压力挤烂，有两条正试图穿过我的手背，然后我的视线花了，只剩下群虫拱动中微微

变形的黑色团块。我忍不住凄厉惨叫，以最快的速度逃离噩梦般的场景，我还没到触地的安全距离就离开了树干，重重摔到地面。我疯了般剧烈抖动手臂，尽管上面什么也没有，我还是一遍遍狂乱地拼命甩。周围伙伴并不知道到底怎么回事，但他们被我的失控举止吓坏了，飞速散开，把我当成沾染病菌的发病者。他们的离弃，伤害并提醒了我。我奇怪地开始追逐伙伴，好像碰触到谁，就可以把菌团传播出去，我的灾难就会被分担而减少似的。伙伴惊慌逃逸，我徒劳追赶，不知道自己怎么从疯狂中解脱。探究一棵树隐藏起来的鸟巢秘密，使我付出代价：由一个即将的先知转变为集体的弃儿，甚至成为众人的公敌。

世界被秘密支撑，也被秘密所诋毁。秘密如同人体微量的金属元素，多了或少了，都致病致命。每个人都习惯捍卫自己的秘密，它是易于被击伤的软肋；同时又热衷刺探他者的秘密，那是事半功倍的利刃。鳞片覆盖，裸露而脆弱的真相在甲胄保护下微微起伏。

我们会使用望远镜，我们会拆开不属于自己的信件——这是现代生活暗含的人际悲剧，通常情况下，除非偷窥，否则我们无法介入别人的生活。我继承着女性的本能——或者说是性别的局限，愿意猜测遮蔽和禁忌之下那个不希望被碰触的谜底。我的手慢慢伸进黑暗，究竟什么，将与指端相遇？小兽柔软的颈毛、植物错综的根系？还是另一只突然将我彻底拉入黑暗的暴力之手？

有时候秘密本身并无遮护，状若邪念和真理，从来袒露在那里，只是我们不具备承认和承担的勇气。所以，它才成为秘密。

所谓至交，是能与你创造或分担秘密的人。置你于万劫不复深渊的,那推动之手,往往也来自曾有资格与你共享秘密的人。

三

亲爱的魔法师,当你身处遥远,我能寄宿在你的梦里吗?

像只围着糖浆瓶口打转儿的蜜蜂,我犹豫,也贪恋。空气中弥散着芬芳之甜,蜜膏和药液混合在一起,盈动着琥珀光……那是供我栖息的乐园还是让我堕落的陷阱?

CD放到贝多芬《羔羊经》的时候,我发现雪正隐约落下,汽车前窗上有微薄的一层。那么小粒、那么零星的雪,已经不像雪,仅仅像是灰尘。开出半个小时,柏油马路才变得像洒了粉笔末的黑板。世界黑黑白白、深深浅浅……其实我心有旁骛。我想他,想念他给我的非法教育。

对我来说,爱一个人非常艰难,始终是生命里的小概率事件。我怕激情渲染的戏剧倾向,怕深挚里必然包含的纠缠,也怕长久里沉默酝酿的背叛。

还记得刚刚参加工作,休息日回办公室取急用稿件。钥匙旋转,门推开后,反射阳光的地板上,一道拉长的黑影迅速分裂成两个独立部分。意外撞见的偷情让我分外尴尬。男主人公是我同事,作为完美婚姻的典范人物,他始终严谨,那么无懈可击,我没想到他恰恰是在螺丝拧紧的位置暗藏一个空洞。

数年之后,一件小事同样让我难堪。"你是不是把什么告诉她

了呢?"这是一个男人的指问,带有我事先已被道德宣判的谴责口吻。他年长几岁,说起来算我师哥,在楼道里被盘问之前,我们之间尚且维持着良好情谊。师哥偶尔会给我发送用语暧昧的信息,抒情爱好而已,我从来不把它当作需要负责任的调戏。无人知道,我从他即使态度不算激烈的质疑里所感受的屈辱。令师哥心怀隐忧的"她",那段时间与我交往密切,也是他意欲缠绵的女性。师哥一番专情表达,但他塑造的爱情神话却招致女主角的怀疑和反感。于是,受挫者抓住每根可疑线头,寻找枝蔓上的原因——他疑心我从中作梗。师哥经历过浪子生涯,我对他的欢场往事略知一二,但没熟到洞悉内幕的地步;况且,他对我也算友善,我怎么会把那种对女性带有善意安慰色彩的普遍示好算作追求,因妒生恨,愚笨得拿来当炫资?怎么会拿撩拨中的糖当粮食吃,为阻止他堂皇献出的殷勤,竟急迫到廉价出卖自己?我本能辩护着,随即感觉敏感天性在他的追问中已遭受隐约侵犯,从而对师哥暗生恼怒,分辩中不由自主流露出的妥协也使我对自己大为不屑。我恨自己没有表现出恰当的抵抗。师哥后来潦草相信和安慰了我,说并无审问之意,只是一贯不愿私人问题被别人讨论,顺便强调一下罢了。借口简陋,盖不上我们彼此心里的窟窿。

谁都会变成往事的奴隶。与他人秘密擦肩而过的两个瞬间,已使我得出负面结论:男女情事容易携带阴影,尤其猜忌和背叛;二是知情者早晚会因不慎裹挟其中而给自己带来麻烦。我愿意优游物外,无论是自己的爱情还是他人的秘密。假设偶有触及,我会不动声色地默默消化它们;即使内心荡漾,我也尽量不在表情上泛出涟漪。不流露,不说,就牵扯不到承认或否认的问题……夜行人,夜行人，身着锦袍，她的华丽不被知晓，她的爱情璀璨无声，她有哑孩子的嘴唇安于静谧。

很多年保持冷淡，我表面性情凉薄，其实不过胆怯之徒的自保之术。对自己否决，对他人拒绝，我是怕自己对感情的依赖、贪求和难以被抑止的渴念。我像一个蓄意自我折磨得以侥幸逃学的病孩子，享受着逃避换来的无所事事的清静。因为遇到喜欢的人，我免不了紧张、自卑和犹豫，觉得自己不够好，配不上意中人的舒朗；我且悲观认定，毁灭是与爱情对称的必然时刻，激情有多强烈，毁灭就在多远处埋下伏笔。从某种意义来说，我已成为身披甲胄的人，只是这甲胄阻隔伤害他人的同时，也成了自身前行的负担。

那则著名的童话令我悲伤。勇士跋山涉水，去收拾那个凶悍无比的妖怪。他没有直接动用武器和武力，因为那对妖怪来说，不过无关痛痒的雕虫小技。勇士成功扮演了朋友甚至是恋人的角色，得到妖怪的信任，于是盗取了核心的秘密。他找到那座高山，高山下的那面池塘，池塘里的那围草窠，草窠里鸭子护佑的那只蛋。以智取胜的勇士把藏在里面那颗妖怪的心狠狠敲碎，于是正在入睡的妖怪很快在疼痛中死去。一只看起来力量无穷的可怕妖怪，其实是多么害羞，多少缺乏安全感，随身携带它都不是放心的，要小心翼翼藏在那么遥远的地点。妖怪知道，如果被发现了自己的弱点，别人有能力使它心碎至死。然而，因为一时迷恋，因为无能为力的柔情，它信赖了不应该的人，最终被置于毁灭之地。妖怪恐怖的外表、巨大的力量只是用来吓唬入侵者罢了，它其实那么胆小，易于轻信又易于被摧毁……所以，我应该永远躲进无人打扰的微凉的孤独里。

　　魔法师的吻，像雪花落在嘴唇上。他纤长的身体有如一支大提琴的弓绳；舒柔优柔，又有起伏中的控制力。我总是难以承受大提琴的美感，因为，它能同时携带近于沉郁的欢乐和近于狂喜的痛楚。

　　在这个世界上，所有的灵巧都容易被理解为狡猾；而魔法师懂得，我的虚张手段不过是出于胆怯而刷涂的拟态警戒色。对我来说，被了解就是被安慰。如父如兄，魔法师看人的时候仿佛能给以终生的眷护。尽管他身上闪烁着某种我尚未获知的东西，我不知曾经的浅爱与深恨怎样渗透他的掌纹，但我依然在缓慢惯性下，无奈无望地，滑陷到他深渊般的怀抱。爱意逐渐升温，我是否将因此沦为沸鼎之鱼？尽量表现得有若轻描淡写，我暂时不想让他看出内心的倚重，那关于爱的秘密，我不愿被参透。我固执地判断：谁先输掉秘密，谁就必然先输掉权力，逐渐滑向奴隶的命运。

四

　　只有孩子气的人能洞穿迷障，看透储藏其中的律条；而我不具备灵视能力，无法窥察更深的内核。一边是魔法师吸附中的强大磁力，我像一只夜蛾无法抵御缭宴般的光芒……除了他，我没有别的指引，他是唯一的光；与此同时，另一边，是我神经质的多疑吗？我直觉魔法师有所隐藏。他的样子自然沉着，具有"别院看花事外心"的从容；换言之，他并不像他的情话表现得那么身置其中。

　　如同旋转陀螺下的支点，丰盈的重量坐落在微妙支点上……只有心怀秘密者，才能在小心翼翼的同时大放异彩。当魔法师闪现神采，我就会疑心什么使他产生内在的光源；当他偶尔沮丧，我能看到他眼睛里的灰烬，走动时那些灰烬轻扬，形成雾样的眼神……仿佛惊动爱情的骨殖。似乎并非为我，我身上全是好孩子的无趣，缺乏令人沉迷的品质。

对魔法师的感情处于实质的分裂状态，我迷恋又忧惧，不知到底对他还是对自己的判断有误。想起崔健的老歌："那天你是用一块红布，蒙住我双眼也蒙住了天。"魔法师，他把整个世界都变成一道蒙在眼前的谜语……热烈的颜色，令我盲人般致幻。

五

年少时，为了增加所谓的魅力，我把自己伪装成怀藏秘密的人。风格含蓄，不怎么爱说话，或闪烁其词，设想自己在别人的猜测里变得神秘。少女的小把戏造作不已，其实是让人一眼看穿的滑稽。我浑然不觉地扮演着角色，直至，秘密真正到来。

邻居家新来了一个大哥哥，高个子，少言寡语。父亲是摄影师，整天背个硕大的器材包游走各地，离异后难以照顾孩子，于是把他寄存在外地。从小和奶奶生活在一起，大哥哥刚被接回到陌生的父亲身边。我迷惑于大哥哥身上的叛逆气息，没怎么看他笑过，很重的眉毛轻蹙，下面是略带偏执的眼神。从迷恋到沉默，渐渐过渡到欣赏爱慕，大概是多数女性对男人发生的审美类型化变化吧？少女时候的我同样，以为沉默是男性最丰富、最具吸引力的品质。每当路遇大哥哥，我心跳得如同受了轻度惊吓。拿指甲用力划眼睑，然

后用烧焦火柴梗的一端描画,加重假双眼皮的表现力……我幻想自己双瞳剪水,大哥哥会做出如何的评价。有一次,正在院子里跳猴皮筋,大哥哥漫不经心地路过,我一下想起袜子破了,于是假装绊了一下,矫情地蹲坐下来揉搓脚踝,借以掩盖那个不雅的小洞。他略带诧异,凝神看我一眼。

其实我那时没有看清过大哥哥的五官,它们停留在约略印象的阶段。等我能近距离看到他额头上几粒茂盛的青春痘,一切,都变得难以描述。

那次,大哥哥带我参观了他收藏在地下室的蝴蝶标本:眼斑和鳞彩璀璨,闪动着迷离的幻境之光。大头针刺穿胸腔,一一被固定在展翅板上,蝴蝶以其盛大之死,形成强烈而密集的照耀。我第一次感受到,可以同时发生:美得那么无辜,又那么邪恶;那么脆弱,那么暴力……美得,能被驱散到赞颂之外的区域。

地下室原本黑着灯,蜡烛照耀下,我目睹一个魔法下的奇迹。大哥哥让我暂时闭上眼睛,我重新等待崭新的喜悦。

……我最爱吃的一种点心,孩子们都管它叫"宝塔",微黄松脆的酥皮里,填充着一团雪白的软奶油。点心慢慢融化在我的味蕾上,这块香甜的点心,算作对刚才的奖励还是贿赂?我需要把它和秘密一起搅拌、混合、吞咽,独自完成无动于衷的消化。

刚才,在等待的黑暗里,我曾体验他的控制力量——大哥哥每天锻炼,拉力器挂四根金属横簧,他抓住两边绿色的木头握柄,让横簧在两臂之间哗啦哗啦作响。目盲之中,我不知所措的手被有力牵引着,抵达他秘密的匙柄。奇异触感让我心生疑惑:是什么呢,既紧致又柔软,质地像一个剥壳后的熟鸡蛋?不由得睁开眼睛,我看见大哥哥额头的疱粒，看见他正因抚触的刺激而呼吸紊乱，看见他身体中的那丛阴影……正是燃烛之末，我被动接受了一个最初的不洁秘密，接受惊惧和狎玩的异性亲昵方式。这些，是由暗自倾慕的人专门为我准备。

　　那个年纪，心理上处于孩子清澈又迷乱的混合期，我除了疯玩，生活里没有其他娱乐。当傍晚有如一艘巨大的夜航船驶近，我们找各种理由溜出家门，在路灯下跳皮筋；扔出鞋子妄图捉住龇着碎牙的蝙蝠；或者跟随男孩们撬开仓库，在积满尘垢和霉斑的杂物之间觅寻野猫仔儿的踪迹。我记得所受的惊吓，当大家正聚精会神聆听隐约猫叫，一个恶作剧的小伙伴突然把手电筒从自己的下巴颏向上照去……光给了他另外的脸谱，鬼样的陌生人！变形失真到扭曲，原来，生活中经典的恐惧造型，总是来自为我们所熟悉的人。

　　来自大哥哥的那个秘密，让我早熟地安宁下来——并非镇静，只是一种能被承受的惊惧在心理上的反应。其实何须讶异和抱怨，何须在瞥见的慌张里，成长之后就会明白：让世界运转的深层动力，从来，就蕴藏于婴儿般清新而纯真的邪念之中。

　　曾经向高处攀爬，希望攫取鸟巢的秘密，付出代价之后但我也没能得知，树叶和枯枝掩映中，那只巢里到底有否躲藏着嘴角稚黄的仔鸟。我知道，如果那个小生命没有及时用喙尖突出的卵齿啄破蛋壳，它就会永久被封存在密闭的空间里，仅仅作为一个鸟的雏形，带着汗湿的无法为飞翔而振动的翅膀。闭起眼睛，在等待的黑暗里它不会遭遇奇迹……雏鸟小而紫青的眼睑，像某种煮熟的植物籽粒再也无法酝酿春天。

　　想起烛火如何映照缤纷蝶翼和大哥哥的脸——美与邪恶交相辉映，杀无赦，让我噤声。在此之前自己从来没有看清楚的那张脸，几乎曾被我视为祈祷所求乞的圣像。大哥哥的游戏揭示出一个法则：魔鬼的礼物，肯定是被上帝禁用的玩具。

　　点心在我的味蕾上融化。现在我需要麻醉的效力，需要一场漫长无涯的沉睡，像被施了魔法的公主需要在玫瑰与荆棘中一睡千年。用于破壳的卵齿是否会在蓄意延宕的睡眠里脱落，我是否就此错过把握重生的机会？远在未来的爱，对我，将意味伤害还是疗救？

六

　　我吃我的午餐。他看他的足球。

　　在南方，这种不过寸长的小鱼通常被当作佐餐小菜，用来下酒。小鱼像被暴腌又经油炸，干硬的细条身子，边缘透出哈喇般的透明色，一条黑线贯穿首尾，当头和身子断开的时候，就会从颈截面露出一点点发黑的内脏。我不吃鱼头，盘子底部，堆积着无数银亮细碎的三角形，每个三角形中间，都点缀永不瞑目的眼睛，依然亮着。魔法师一边看电视，一边动手剥花生，我总觉得花生的纤维壳上附着一层不易察觉的土，于是停下筷子帮他，让他专心吃。剥除外壳，但那层脆薄的红衣还留着，像颗雏鸟的心脏。

　　房间里宁静得有些古怪，但医学杂志介绍，沉默的进餐有益健康。欧洲的谚语也说，当谈话之间出现沉默，那是一个天使飞过了。真浪漫，为什么不是一个魔鬼在偷窥？

中场休息，魔法师出去抽烟，顺便回电话——刚才看球入迷，电话响了两次他都没接。我收拾碗筷，瞭了一眼电视。画面是整片草坪，摄像机低位拍摄，远远近近的绿色清凉养眼，披光的草尖上闪烁露滴……这时，一股细细的蚀流漫过来，沿着屏幕底框。我以为电视出了问题，两秒钟之后，才发现，那是一条腹部紧贴草皮无声滑动的蛇。突然特写，是蛇抬升起来的脸：被黑色线条切割成不同的几何部分，像碎片镶嵌，草草拼贴在一起。它抿着被切除外唇、完全塌陷的嘴，既像微笑又像轻蔑。蛇，同时具备老年教父的安静松弛和勃然色变的控制力。

女人对蛇普遍怀有非理性的惊恐。这种恐惧很可能是从上帝降罪到伊甸园时就同时开始了。上帝必须让夏娃和启蒙她的先知之间的关系破裂，彼此只剩彻底的憎恨、怨毒和恐惧，拆除任何和解与再次亲密的可能，才能捍卫神已被受到破坏的终极秘密和尊严。断绝与先知的情感联系，也许有益于人类远离有毒的真理。真理甚至会致命，而让女人得知真理，一定意味着世界的某种改变。

草地上的蛇，斑纹有如旧铜钱，它带着恶意盘踞在我绿翡翠般的伊甸园里。这个阴谋家召唤着，因为它深知，我体内始终隐居一个对谜底好奇的寄宿者。

被怀疑的利刺不时磨蚀，我尽量让身体放松，像唱针下一张密质胺碟片……承受着划痛，并且试图歌唱。魔法师是我命运里秘密的信仰和背叛，为什么，会令我如此不安？当看不清魔法师的面目，我极力说服自己相信：现在不过在穿越轨道中的隧道部分，我们依然是

同行旅客,这只是暂时的黑暗和恐慌,在涵洞的另一端,阳光像瀑布般奔涌;不存在时间深处的刺客,所以我不会身中他埋伏中的弯匕。

即使被伤害的预感是那么难以去除,我依然无法克制对魔法师的迷恋,像斑马小心翼翼地欣赏狮子。悲观地说,如果身处同一片草原,肉食动物的胜利和猎物的牺牲几乎是不可避免的宿命。如果斑马学会观察狮子,也算作自保策略吧,欣赏使斑马增加了些许自主气息,减弱了观察过程和结局里的悲哀氛围。这种欣赏,其实出自个人积习,我总是习惯性地越己,跳出个人利益和局限,站在他者经纬上考虑问题。狮子具有不同于斑马的暴力美学,有它的从容、凛冽和孤单。只不过,近距离的危险始终存在。斑马不注意狮子的时候,它轻易地进入了狮子的伏击圈;太注意了又会高度紧张,这种富于强烈张力的消耗,会让斑马恍惚,渐生疲惫中的松懈,这时候的斑马就像个自动献祭的牺牲品。我知道这只狮子极尽温柔中的魅力,从来善待每个身旁的陪伴者,咬断喉管的时候都让它们死在失血虚脱造成的漂浮感里,状若幸福。

为什么,在与魔法师的感情中,我没有体会到不羁的自由?我像只野斑马,即便内心狂烈,也终生穿着囚徒的制服。那条轻讽的蛇,似乎在暗示:一切,不过是场滑稽尴尬的喜剧而已,一匹斑马由于心怀爱意而幻想自己成为狮子的宠物。

七

这时的天堂拉上帷布,这时的云,不过是河面漂过的油污……

慢慢地,阴沉傍晚有如巨大的夜航船驶近。倾听魔法师讲述隐痛,我眼里眶满泪水。

秘密的珍贵或许并非在于内容,而是难以被分享。它是果核,是一个人的重心。作为最难处理的内心财产,秘密常常成为一个人最后捍卫的禁地。假设秘密持有者并不准备让他人分担和了解,我们的先知先觉和妄自猜度,同样构成侵犯。而魔法师信任我,证明我不是被当作情欲中的玩偶,他将我视同小小的亲人。想起他受过的苦我就难过,并因自己的误读和歪曲深感愧疚。原来,魔法师不具备危险的进攻性,不是冷漠的食肉动物——狮子面具下,他也是一只温良斑马啊:白昼的条纹,暗夜的条纹,我却错认为游动着的虎斑。

想起许多年前,第一次进照相馆暗房,我努力适应黑暗,等辨别出暗红光线里张张的底片,我还是感到一丝恐惧。底片上,所有人的眼睛都瘆人地空缺着,镶嵌一双大理石雕塑般没有瞳孔的硬白眼珠;而发丝胜雪,即使是孩子,也被提前推入衰老的深渊。我等待着,摄影师用长镊子翻搅几下,过一会儿,从定影液里捞出照片,倒置地,夹在一条横贯绳索上。即使照片的方向与习见不符,我还是重归暖意:因为,那是妈妈,是她熟悉中微笑的眼睛和嘴唇。经常会发生黑白翻转,我只是容易受到自己的惊吓。

所谓秘密,未必丑陋。这也是一个解除秘密的有效方式——勇于撕破封口,秘密那想象中的破坏能量常常迅速萎缩;与遭到所罗门禁锁的魔鬼相反,被放出的瞬间,它就丧失了威胁我们的全部法力。

有时我并不情愿知晓秘密。比如母亲的医生身份,使我经常帮

亲戚朋友联系看病,因此得知患者难以启齿的隐疾。其实我会缄默到守口如瓶,这是基本底线。我之所以突然疏远友谊,也许仅仅因为发现某人能随意开口谈论他者隐私。但善意未必全被接收和理解,我遭遇过病人由尴尬渐生的莫名敌意。

尽管在多数情况下,了解彼此秘密也许有助于加深情谊,变成承担命运的知己,但我更习惯于躲开,因为被侦破一方滋生出的微妙恼恨常常是他自己的理智也无法控制的。分担别人秘密的痛苦之后,谁都不要产生任何施恩心理,否则可能自取其辱,飞快地把自己归位于受攻击的靶心。能指责受惠者忘恩负义吗?说起来,忘恩负义属于人的自然天性。一是可以免除道德上的偿还义务;第二个原因要隐蔽些。既然施恩者常常比陌路过客更具同情心、更慷慨、更舍得牺牲自己,那么伤害恩人,既能让我们恢复一下攻击的体能,又较少遭受相应的报复。那些施恩者啊,如同格斗训练场上悬挂的沙袋,所谓反击,也不过是受到击后痛苦的摇摆,不妨碍我们下一次出拳。趋利避害的本能,使我们选择近切的良善之辈下手,从亲人到恩人。

但这次,我不会逃跑。我要留下来,保护我的魔法师。我们仿佛是两个饿着的穷孩子,都想把省下来的面包皮留给对方……这就是生活的热量、营养和希望。

我不说金碧辉煌的誓言,它们根本经不住几场雨水和泪水;但为了魔法师,我要重新学习表达,像个口吃的孩子试图克服心理障碍,说出感恩。我曾把他当作甜的、有罪的糖,然而魔法师那么信任我。柔情似水,他让草原上寂小的野花也能吹送春天的每一分钟。

我多像胆怯的气球,即使充盈才能使自己飞升,也担心针的刺痛而选择萎缩。以前太怕疼，没做过手术的人都怕极了医生和刀子。我封闭，太害羞，几乎不懂怎么在自己的柔情里不受惩罚。我明白情感中也有政治，阴谋里也怀温柔，却是自己的能力无法应对的，只好一味回避。怀疑或许让人免受伤害，但信任才可以遭遇奇迹啊！现在我要信任魔法师，沉在黑暗里、接近于信念的那种信任。我要剥去自己的鳞，就像妖怪耐心磨光它的角、人鱼忍痛撕裂它的尾鳍，因为我要靠近魔法师，不让他受到我过度防卫而造成的怀疑和伤害。

我感到逐渐敞开中的明亮。是啊，内心的力量如果仅仅用于自囚，一个人就永远享受不到开花境界。无论烂泥还是清泉，花死之前，只要能汲取到最后一滴水，它也怒放。那么，我何必畏怯？总是存疑魔法师暗怀心事，因此对他的感情有所保留，我甚至对自己也不轻易承认。秘密原来并不等于可怕，正是它所隐含的喜悦和羞愧，使情感出现层次和动人的阴影；一个不存任何秘密可言的人，坦荡得，近乎贫困。

每个人都会被典当给自己的命运。只不过，有人悲切，有人无嗔无痴，温顺地，跟从任意的手浪迹天涯。我像孤儿院等待被认领的孩子，手心写着魔法师的名字——它隐隐作痛，如同被穿缀于十字架的钉孔。魔法师就是我的信仰，无时不在。我不怕黑暗到来，因为黄昏，天空已如教堂的屋顶，铺开奇迹般的金色。

八

……还是爱得太快了，没有看清高速公路上一闪即逝的提示

牌——驾驶者沿错误方向欢乐驰骋，自以为体会纵情飞翔。

这是黄昏，一个聋儿把他喜欢的玩具放在地下：一辆小拖车，造型是彩绘的木头鸭子。跟随聋儿手里的线绳牵动，嘎达嘎达车轮转动，鸭子的硬翅膀有力地上下扇动，比飞起来还快活……夕阳映照，地面仿佛摊薄的一层冰糖，呈现明媚的琥珀色。

途中遇到路障，鸭子失去平衡，身体侧翻；但聋儿继续向前，听不出有节奏的嘎达响发生了显著变化。粗糙的水泥地面磨损着鸭子的翼缘和一侧头皮，聋儿继续拉着心爱的玩具大步向前。鸭子自己也不知道伤痛，还以为和爱宠自己的主人一起，在铿锵游戏中，靠近越来越温暖的下一分钟。等聋儿发现的时候，残疾的鸭子已失去光彩，翅膀露出木头茬儿，头颅也破损了。

难道，这只鸭子有权因为自己被毁弃的未来而要求粗心的聋儿更珍惜它吗？不，没人在公众面前拖着自己的错误继续展览。对聋儿来说，他不再喜欢这个玩具拖车了，因为，正是它，公布了自己隐秘中的缺陷。

九

秘密是个邪恶的马拉松选手，隔得那么远，都能追上来踩我的脚。根本不用担心真相会被埋困，有时一口气的吹拂，都能露出尘埃下的谜底。

她手里拿了一枚崭新的苹果，和伊甸园里被蛇所诱引的那枚一模一样……我忽然涌起奇怪预感：我即将被驱出乐园。果然，我竟然意外发现自己原本送给魔法师的礼物,已被转赠。我若无其事地问了几句,其实是引诱和打探。她毫不隐讳,一个被极端爱宠的幸福女人才能这样讲述。几个细节,就让我猜出那个男主角:不错,魔法师。她不知道,对面的我正是剧情中的隐身人。当她和爱侣谈笑时,会拿一个暗恋魔法师而不得的情痴彼此打趣,她晃动着我挑选的礼物:"看,这就是单相思姑娘送给他的。"

我陪着她微笑,继续服用自己的晚餐。魔法师一口一口喂给我的勺子里的爱情啊……让我贪恋的,原来是刀头之蜜。明明含着勺子,什么时候,柔软的口腔才觉察出换了把具有三个锐齿的叉子——这化装在餐具里的凶器。为了一点点食物和金属的腥甜,我需要一再地触及锐器。

魔法师,从空帽子里变出花束和爱情,孩子正在惊讶和迷醉,他吹一声口哨,它们瞬间又消失于空气,比一块糖的溶化还快。他快速洗牌,像拉动一台小型手风琴,无论怎么变换顺序,魔法师都能找出那张心仪的红桃 Q。而我,平凡无味的小兵,被弹落在舞台上的一张纸牌。演出结束,音乐息止,它在冷清角落里迎接落幕的黑暗。

进入隧道,被吞噬,进入黑暗的肠胃……我被迫迎接时间深处的刺客。我慢慢反应过来,自己为何会感到那种莫名惊慌。两列火车并列停着,其中一列移动,另一列车上的乘客会被视觉欺骗做出错误判断,感觉自己在毫无准备中被带离。想起小时候仿佛被突然甩离座位的慌张和晕眩,明白了,其实我在原地而魔法师移动了位置……我像被拆去了偏旁的字根,摇晃起来。

瞬间被击垮,我什么秘密都不再想知道,我失去了托住一个秘密的臂力。

写作者常常怀有偏执的好奇，既是对生活本身的热爱与勇气，也是职业上的需要和忠诚。但我由衷体会到，远离秘密也许是种保护，触碰危险，即便离璀璨的烟花太近都会被熏黑面目。成为隐私的知情者，我经常涌起滞后的轻微不适感；而这一次，是自己被包进秘密中心成为馅料……一个双手沾满秘密的人，最后沾满她自己的血。

倔强的斯芬克斯只设一个谜，不惜抵押自己的死。她吃掉俄狄浦斯之前的每个过路者，他们赴死因为没有想到自己就是谜底。俄狄浦斯猜出答案，似乎打败了人面狮身，但也没能逃脱，依然成为悲剧的主角。谜底战胜尊严，智慧战胜力量，不断变换腿的数量以便逃走的狡猾之徒，战胜驻守原地的诚实巨兽……然而归根到底，所有猜谜者都是可怜的。

潘多拉的盒子打开吧，放出野蛮的谜。秘密是个怪物，养在密封罐里，它是渺小又安静的素食动物；放出来，它要吃肉喝血，吐尽骨头渣儿。

总是愿意把在爱情中相遇的脸视为神明，视为照耀的光源，引领我们体验不可思议的天堂……小心天堂里的井盖吧，虽然它会响应你的舞鞋发出悦耳回音，但那里，也直通地狱的下水道。

十

我的手搭在方向盘上，感觉到皮质的生硬、缝线的毛边和心里被堵死的秘密。等魔法师说出真相那一刻，我明白自己为这种摧毁准备已久。没有表情变化，但感觉自己忽然荒谬地弱小起来，像个被别针潦草系好纸尿裤的婴儿，我本能地意识到，假如不慎挪动，锐器立即会穿透柔软的肚腹。所以我非常安静，呆在那儿一动不动……这积木搭起的情感工程，动什么都已是釜底抽薪。在伤害面前，我习惯做一个哑孩子，以仿佛事不关己的麻木看着这个自己全心全意想去善待的人。山河不在，心里哀鸿遍野。

我凝视魔法师，他的瞳孔像漾动水波的陷阱……猎人，以杀戮为美德的职业。如同肥皂剧中出现噪音式的旁白，树木的鸟鸣萦绕耳畔，正是那种奇怪的旋律，它叫着："舍不得呀，哥哥。"——既像牺牲品对自己的哀鸣，又像猎物对狩猎者的求告。根本不必问对方：你怎么舍得？舍得就是舍得，因为从没被真正珍惜。追问什么呢？自取其辱，他的行为就是明确化的选择。我的疼痛不仅在于被伤害，而是他伤害时的无动于衷。在我的似水柔情里他并未有所感知，魔法师有着怎样一颗沉浮中冷血的心？我翻到了底牌，翻到说谎者分外凉意的手，上面密布岔向歧路的背叛。别说谎，别说谎……谎言的高额利息，魔鬼才能偿付。

我装模作样，拾掇着内心残碎一地的小零件，我知道自己必须抓紧时间在崩溃前溜掉。魔法师下车离开，我开车走在城市夜色里。灯火璀璨，光影游动，让人有若置身幻术；我有若走在集成电路板上的一只螨虫……跌跌撞撞，它和它的卑贱。

他给我万箭穿心的夜晚。这迟来的箭镞飞翔已久，击中目标之前，它一直像信使来函，象征某种远方的问候和安慰；这迟来的箭镞飞翔已久，让我错觉，它永远不会抵达，永远都会享受离弦后随自而来的轻盈。我想起小时候的绣包，十个鲜艳童子围拢缎子面做成

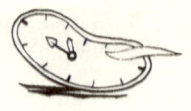

的实心南瓜,看起来是纯真和热烈的丰收,其实,这个物件专门用来插满尖针……这迟来的箭镞飞翔已久,终于抵达既定的墓地。

把绞索当作花环信任,把黑暗中的荆棘当作玫瑰抱拢胸前……我被刺痛,以为一切只是由于自己的抱姿不够妥帖。

有一种拥抱,礼貌意义胜于渴望。魔法师对我,最初仅仅是由好感催生的模拟状态的动心,无爱可言,他接着所能给予的,便只剩下技术关怀和零星温情。他的亲昵与其说出自爱恋,莫如说是计量的结果。我尚存原本不值一提的可取之处:不过是审慎,是可以估量到的守口如瓶,不过是安全和由此带来的舒适……我在他慈善事业般捐助的一点关心里受宠若惊,能否给他带来聊胜于无的虚荣?他的心始终被分享,如同,盲人的手指,要承担秘而不宣的额外的责任。而我,一条身陷沼泽的鱼,知道周围淤积着水,渴饮中嘴里却塞满了让我难以呼吸的泥浆。

像只闭目塞听的小昆虫,我拼命吮吸溃烂发甜的根,获取着唯有阴暗里的某些营养,全然不顾树冠上的花已全部轰然倒塌。瞬间倒塌的华丽,瞬间倒塌的欢乐。自以为品饮陈酿,其实独特味道是由于变质后的不新鲜,显出我那种独自的庄重感和珍重感尤为可笑。角色可悲得可笑啊,令当事者难以承担。我沮丧地回忆起中学时代迷恋的《简爱》;夹在两个执爱者之间,自己的角色大概相当于伯莎梅森吧?外在的安静与内在的疯狂,不被爱,却生硬地在场,幻想拥有简爱一样的新人命运。哈,她的退场和死去都是对情节的祝福。

月亮,涂着亮黄漆的椅面在闪光……我知道自己从上面摔下来了。我真笨,没有表演经验的小丑,跌跌撞撞地,最后摔在失去照明的舞台。难道小丑的存在目的,不是靠自己的错误来为他人取乐吗?既然已经成为魔法师和她之间调情的佐料,为了掩饰自尊心上的难堪,作为小丑的我,必须忍痛跟着观众一起笑起来。因为丑态百出而欢乐,我在哈哈镜里看到小丑打扮的自己,无法不自卑。要过多少年我才能反应过来:在那样一面镜子里,没有人会是好看的。

小心珍藏着不肯轻易示人的扑克底牌,我拥有王,他拥有支配一切的至高权力,决定输赢。什么时候,一切变成滑稽戏?我才错愕,王穿着古怪,腰间围护的织物由一条条莴笋叶样的布条拼合而成,正是小丑打扮。谁愿意自己的命运被一个小丑模样的王安排并支配呢?我们受困其中,能否又从他的娱人习性里获得潜在的好处?

扑克牌里的王,乍一看是华丽,细一看是褴褛。我听见他的低语:"从命运选剩的谜语里,挑一个给自己作为礼物,这是最后的自由。"他表情复杂,似乎暗示,他愿意与你做上一笔暧昧的交易。

十 一

此时,我到底是魔法师的谁,他又将是我的谁?我听到钟摆,听到结束,那么剩下的时间,我可以保护好自己那沙漠般热情而荒凉的感情了。我无主之爱,成了一条流浪狗,带着一身的脏皮毛,梦游般的找食和玩耍,仿佛自由到放任,其实创面溃烂,决定它不久就将

死在某个杂草丛生的黑糊糊的桥洞里。这只不甘的小雌兽尚存一息微弱的鼻息,我想它必须即刻被埋葬,泥土和青苔需要尽快覆盖它的眼睑。否则,曾经的秘密依然会统治着我,我依然会秘密跟随某个被废黜的流亡者并且服从。

奋不顾身的飞蛾要达到什么爱情结果?以身体缭绕火焰,它是要爱情死,还是要它自己的死?什么样的感情,可以让飞蛾在受挫和撕裂感中,依然孤往绝诣、剑走偏锋?

……我不是要以生命赞美火焰,我要鱼死网破地扑灭爱的光亮。

分离的人们有时必须在心底轻视对方,诬蔑对方,并非本性刻毒,他们只是希望自己在感情灾难里获得一丝援救和庇护。劝说自己放弃,需要发自内心的绝望或仇恨,所以纵容并原谅他们对彼此的厌恶吧。

能说什么呢,我的魔法师,谁教会你这么有力的残忍?离开的时候我还是无法怨恨。魔法师不过怀有一腔似乎无辜的多情,而我,不是他认为值得的那个。魔法师,如果一切是你预谋中的伤害,我领受自己的命运;如果是你即兴的绝情,我也可以配合临时确定的剧情。只是心里有一片区域溃烂了。因这溃烂而呈现不能碰触的柔软,这是告别中的温情。即使无意间被你撕碎,我也会记得那双手此前绘制的图案。

从来不抱存危险的浪漫念头,我不信自己会遭遇什么电光石火的激情,并且坦然承认,自己身上不具备那种引发的装置。所以这是宿命,魔法师也没有错,仅仅提供了一个证明。既然我不具备让他珍视的特质，何必为难魔法师呢？或许他做过努力，只不过他想给予的安慰并非内心意愿所能支撑，一个人无法在爱情里完成长久的慈善。相对魔法师的耐心来说，我的花朵酝酿得太慢，像一棵没有果实的植物，让他体会不到偿报中的喜悦。

我一直倔强，不索取，不吃感情的嗟来之食，宁可肠胃和信仰一起干净地挨饿。结果还不是难堪？我无意间捡着剩下的饭粒过活，并孜孜于咀嚼，暗自歌颂谷物里有限的甜。能怪罪谁呢？怪谁出手太重，怪谁奔跑中踩死一只憧憬蝴蝶未来的毛毛虫？两个激越中的爱侣，根本看不见周围，并非自私，他们只是全然沉醉、无心他顾。让我相信吧，爱着的人并非残忍，他们只是在热烈和凛冽的狂舞中持续踩痛聋哑者流血的赤脚。挪开就是，或许有人会出于复仇心理将舞者绊倒，但我不觉得那种笑话有什么好看。当然，我也别这么泪流汹涌，当自己是哀凉入骨的小人鱼。魔法师曾如灯塔照耀，这诗化的意象隐藏着另外一种解读——他的情感始终处于遥远彼岸，所间隔的距离，是我无能泅渡的汪洋。魔法师那不能复现的眼神，曾让我亲近和依赖……我应该将它完全溶解于记忆。

谁还赌气地计较输赢？宿命之后，万物悲伤。好吧，我捡起自己被踩脏的心，然后打捆。它再也不容易被拆开了，我把它邮寄到无人签收的黑暗里。

直到大学，我才扭转了某种偏执的害羞，此前，我难以在认识的男同学面前坦然走进女厕所。好像只要不被目睹，我就成功地隐藏起这个生理需求，把自己打扮成餐风饮露的小仙人儿，从来不必面对排泄的尴尬。其实，这是人体的必需，如同男女情事那渲染中恰

当的欺骗,积累中穿插的腻厌,包括背叛,全是感情中几乎必然遭遇的部分。魔法师不过亲自向我揭示了早就暗存的密道,我只是历事太浅,才会惊讶。从这个意义上说,他依然如父如兄,他用我的审美暂时难以适应的畸形秘密来滋育我成长。

我由此得知背叛的滋味,是可以接受的,它那生水果般的涩麻曾引起我致毒的幻觉,其实是我太敏感,惊恐并无必要。再说,难道我真有使用"背叛"一词的资格吗?这个词里,包含着一种先期的权力是我从来没从魔法师那里获得的。况且,背叛,又算得什么秘密呢?常识而已。就像小孩子不知道自己来自哪里,反复追问,父母不得不为此设计一座迂回的迷宫——这个看似玄奥之境,孩子长大以后自然就明白,这里毫无悬念,其实人人可为。

伤害,是激情过后留下的略带残忍的后坐力。一切都正常,远远谈不上秘密。

十　二

这是魔法师以前给我的俄罗斯套娃,由木壳组成的玩偶。外表看起来只是一个瓶子形状的威武警察,拧开他,里面却藏着一个农夫。农夫里面藏着医生。医生里面藏着工人。工人里面藏着最后的一个,和最外面的警察如出一辙,只不过型号缩减,比饱满的花生大不了多少。我逐一拧开木壳时的好奇心难免失望,答案如此:并无新鲜,最后还是要回到原初。我联想起和魔法师交往最初的那些莫名不安,原来并没有错——触礁之前,所有的预感,其实都是预埋在谜面中的线索。

可我们真的能够得到终极答案吗？藏到最里面的那个警察玩偶是实心的，似乎不再能够藏纳秘密，但总有被蛀蚀的孔洞……用显微镜向里面望吧，那么浅，但它是黑的，同样幽深无边。

我还何必苛责？既然神都不能无限敞开，也有保留——捍卫着智慧树和长生树的果实，上帝重兵把守他的伊甸园禁区。我不能要求魔法师，包括我自己，做到彻底的透明。

魔法师对我意味着残酷的谜底，而我，也许还在他的整个谜语之外，根本就没被设计到谜面之中。无论魔法师的情人，还是我，难道就是那个最终掌握谜底的人吗？不，魔法师或许还有另外的底牌。每个揭秘者都习惯性以为自己到达了终点，远非如此，都是路途中临时的停靠。没有什么谜语是唯一的，包括魔法师，他在另外的棋局里或者也是一粒可以移动的兵卒。我们都以为自己是终结的破译者，其实谁都无法拿到全部的底牌……真理比象还大，正是它，使我们沦为盲人。

黑，不是一种颜色，黑是感觉不到边缘的洞。等你碰壁，就会有头破血流换来的安全感，尤其是你连自己流的血都看不到的时候。

被我童年的手掌压死的毛毛虫，它们精湛的变形记来不及上演，就被自己黏腻的体液浸溺而亡。而夜蛾不能自控的趋光性，会在白昼到来之际自动解禁。

现在，我舞动双翼，艳如彩蝶，鳞粉纷纷扬扬。渐渐，翅膀透明，可以透过织纱般的月色……气力衰竭、不再逐光的蛾娘，感觉世界断了开关。勇于挥霍美貌的新娘啊，它们每个都是，只有用尽最后

一丝力气，夜蛾才能心安，并死于光源之下。

但愿魔法师和他真正爱的人之间依然燃烧篝火，但愿他不会发现近在身旁的坼裂与破碎，也就不必遭受丝毫的内疚之扰。毕竟，他教会我学习唯有给予才能焕发的快感，体验到自我燃烧……而这几乎是我早已丧失的重要技能。一些人在爱中习于计较，本质上还是在做交易，至少，潜在地心算过感情的投资回报率。无论魔法师做过什么，愿他免于折磨。所谓爱，不就是给予对方一种特权：我允许你而不是别人靠近，靠近到可以伤害我的距离。魔法师不过是使用了这个权力，使它不致浪费。我肯定是个有自尊心的龙套演员，不会尴尬等待根本不需要自己出场的谢幕。我将重新回到独居兽的尊严，慢慢磨去岁月的角质层。

体会过绝望，我才明白自己以前曾称之为绝望的其实仅仅是愤怒。原来，绝望本身非常安静、乖巧，它自甘聋哑，不想再和这个世界保留任何形式的沟通。树和树之间并不交流，各自完成各自的盛衰。愿我也拥有植物的美德——繁茂或者凋亡，都温柔宿命；斧锯过后，它还是要回到自己的安静里。一个人就够了，甚至已经多余。

周晓枫，作家，现居北京。主要著作有散文集《你的身体是个仙境》、《孔雀蓝》等。

灰姑娘的南瓜车

笛　安

　　2000年开始的时候，我上高二。那时候总觉得自己很忙，要忙着应付功课，忙着在学校里胡闹，忙着看日本漫画，忙着早恋或者帮别人早恋，偶尔，也想想万一考不上大学该怎么办——不过我生性乐观，总觉得不会考不上的，对未来灿烂的想象总是让人激动，顾不上去想不好的事情，其实后来才弄清楚，灿烂的并不是未来本身，只不过是我对未来的幻觉。

　　我长大的故乡是个暗沉的工业城市。那个时候我讨厌它。我觉得它闭塞、冷漠，没有艺术，没有生机，所以我想要离开它，走得远远的。因为年少无知，所以理所当然地觉得我的人生应该更美好些，既然想要美好的人生，那么总是得有个更好些的城市来充当舞台或者背景。不只我，我身边的很多朋友都是如此，连老师都会在课堂上看着窗外的沙尘暴告诉我们："如果你们想远离这个地方和

它的沙尘暴,就认真一点上课。"2008年,看顾长卫导演的电影《立春》的时候,第一个镜头,就觉得胸口被闷闷地撞击了一下。听着蒋雯丽饰演的王彩玲甩着方言一板一眼地说文艺腔的对白,时不时都会暗暗地微笑一下——我想我知道那个电影在说什么。因为我曾经和那个电影里面的男人女人——尤其是女主角——一样,不知不觉间,神化了自己的理想。

所谓理想,不能完全等同于希望自己从事什么职业,希望自己住在什么地方,就像王彩玲,她希望自己能在巴黎,至少是北京的大剧院里唱《托斯卡》——但是这并不是她理想的全部,巴黎、歌剧、意大利语等等这些符号不过是花丛,而她真正想要的,是在这些美丽的花丛里尽情地绽放自己,绽放了,生命才够绚烂,才能清晰地感觉到那种"自己"终究成为了"自己"的过程。我也一样,那时候我甚至都没找到一个具体的符号来充当我的花丛,可我满脑子都是关于绽放的幻想:我一定会变成一个更美好的人;我一定能做点什么变成一个更美好的人;一件事情,一个作品,一段爱情都有可能锻造我,锤炼我,把我变得更完美。就在这满脑子热气腾腾的狂想中,我的青春期就过去了。

高考考得并不好,倒是没有落榜,可是没能如我所愿,让我离开家乡。那个时候,"留学中介公司"已经渐渐被人熟知。某个夏天闷热的夜晚,老爸问我,想不想出国去上学?我头脑有点发懵,但是很坚决地说:想。那时候我十八岁,在十八年的生命里,小学六年,出了小区的大门,要往左转;中学六年,出了大门,要往右转——从没有离开过那条我出生并长大的街道。"外国",实在是个太遥远的所在,已经超越了我,这个生长在内陆小城的灰姑娘的想象的边界。那个年龄的人一无所有，所以满怀勇气和好奇心。在不久以后的后来，就是这点原始的、青葱茂盛的勇气和好奇心支撑着我走过了很多日子，度过了很多困难或者困惑的时候，直到它们在不知不觉间，就这样被用完了。随着它们用完，我就变成了一个所谓的"大人"。

2002年1月27日，是我永远都不会忘记的日子，我就是那天上飞机去到法国的。八年过去了，我很少跟人主动谈论关于法国的一切，文章更是几乎没写过。因为我从不觉得我真地去过法国，我的意思是说，那个雨果的法国，那个波德莱尔的法国，那个萨特和波伏娃的法国，那个夏奈尔或迪奥的法国，那个与其说是浪漫，不如说被无数人"浪漫化"了的法国……所以不如还是少说几句的好吧，旅游指南和时尚杂志专栏里面的那个"法国"和我基本无关，可是我又不知道该怎么跟人解释这个。

头几年我住在一个卢瓦尔河谷的小城里。那个地方有达·芬奇终老的城堡，离我们那个城市不远的乡下会盛开祥云一般的粉红的苹果花。那个小城安逸、漂亮，人大都要比巴黎人友善很多倍。可是初来乍到的时候，真正给人留下强烈印象的其实只有两样东西：比国内高很多的物价，还有强大的寂寞。

时至今日，当初通过同一个留学中介出国的中国学生聚在一起，还会笑着回忆当初在超市里买回几桶最便宜的红酒，里面的渣滓把大家的牙都染成紫红色。我在法国居住过的第一个房间，位于城边的公路旁。窗子外面的风景在全世界都能看见，独自蔓延着的公路是沥青凝结起来的河，有的时候重型载重卡车呼啸着经过，带起来瑟瑟的风，加油站很新，但是不知为什么就是觉得萧条——我

当时还不知道，根深蒂固的"公路情结"就从此扎根在血管里。有风雨的夜晚，我就在这样的窗口背法语单词，"彩虹"、"希望"、"有魅力的"、"诱惑"……我身边来自清晨的面包店的长棍面包已经干瘪，静悄悄地死掉了，我还浑然不觉。其实除了这个已经硬得不能吃的面包，并没有什么东西能够让我真正觉得，我已在天涯。天涯也不过如此嘛，十八岁的我暗暗地叹气，仔细想来那是我第一次像个大人那样叹气。这时候隔壁房间的朋友来敲我的门了，小型的聚会永远在某个人的房间开始，大家穿着牛仔裤席地而坐，最便宜的红酒入了年轻的愁肠，流出来的眼泪都是滚烫，梦想或者关于梦想的错觉在体内燃烧着，一群人孩子气地互相鼓励着对方：不会永远喝最便宜的红酒的，只要我们肯奋斗。

可是到底要怎么奋斗呢？我自己也不知道。我倒是去试过在念书之余，去给房东带小孩，按小时计费——我是个糟糕的保姆，很幸运的是，我碰上了一个特别懂事的小婴儿。就这样做了一个学期，攒出来一笔去西班牙玩的钱。打工、攒点钱、旅行，这是所有的学生都会做的事。但是我没有忘记，我其实想要完成的，不过是那种看着自己一点点变得更强大，更丰富，也更充盈的感觉。事实上我也真地体验到了——当我发现自己渐渐在熟悉法文这种陌生的语言，当我慢慢学会了做饭，当我带着那个漂亮的小婴儿去摘樱桃，看着她纯净的笑脸……这美丽宁静的小城太小太安逸，所以无数次地让我产生了那种自己很强大的错觉。只不过，那种刻骨的孤寂从没有被治愈过，无论是我静静地一个人呆着，还是和一群人在一起笑闹，它都能够在一个我看不见的角落，像月光那样猝不及防地抚摸我，微妙地间隔开我这个人和一切火热的喜怒哀乐。不能摆脱，就习惯吧。那时候我已经搬到了一个更冷清的老房子里。就那个价位而言，老房子真的很大了。木地板踩上去就是一阵响动，很阴冷，居然还留着一个传说中的壁炉。阴雨天气里，雨水就不知从哪个角落滑落到壁炉里面，半夜里总听得到它们缓慢滴落的声音。有一天，我就是在满室的潮气中，打开灯和电脑，我想和自己说说话。可是如果很直白地用聊天的方式说，又不知道从什么地方开始——我早就已经学会了不去渴望倾诉什么东西了。那就编个故事，自己讲给自己听吧，在虚假的故事里，放进去我真正的、冷冰冰的人生。

那一年我十九岁，我还没有真正意识到，我编给自己看的故事，就是小说。

我是非常幸运的。我在很年轻的时候，就找到了一样我愿意为之努力一生的事情，就是写作。并且，一路上，我遇到过对我而言非常重要的人，给我鼓励支持，帮助我赢得一个年轻人在现实世界中来之不易的好的开始，比如最早愿意用我的稿子的编辑老师，比如一位第一个鼓励过我的电影导演，比如我今天的出版人……当然，这些都是后话。在写作的初始，我只是惊讶自己居然如此迷恋自己的故事，还有这些生活在电脑里的人物们，我觉得我的存在因为他们才变得生动，变得热情，变得更有理由。我爱我的小说们，就像一个失去理智的情人。

所以我就告诉自己，一定要写下去。就算不能用这个养活自己也不要紧，大不了辛苦些，毕业后去找个工作，白天上班晚上写，平时上班周末写……总之要写一辈子。就算写得不好也没关系，我和我的小说待在一起的时候，才觉得自己的灵魂是美丽的。那种一直

在期待的绽放的感觉,那种又疼痛,又自由的感觉。灰姑娘的南瓜终于变成了马车,载着她往远方奔驰,金碧辉煌的宫殿就在前面,那个宫殿就是我心目中的"美"。近了,马上就到了……写小说,尤其是长篇小说的感觉就是这样的。

可是写完以后,钟声就敲过了十二点,马车又变回了南瓜,因为我每一次重读自己的小说,都会觉得我写的时候那种美好的感觉都到哪里去了;我依然是灰姑娘,异乡的寂寞就是我脏脏的裙子和拖鞋。我永远都不会忘记,某年某天,我坐在朋友的爸爸的车上经过公路的收费站,在夜晚里蔓延着的空旷的长路似乎有生命,只不过是在沉睡而已。那一瞬间我问自己,我在什么地方?远处,麦当劳巨大的黄色 M 在深蓝色的天空里暂时代替了月亮,我心里没来由地一暖——那就暂时错把他乡当故乡吧,谁又能确定这世上究竟有没有故乡呢?

只是不知不觉间,我写的所有小说,都发生在那个我曾迫不及待想要离开的城市。我虚构了一个北方高原上的工业城市,描写着那里的沙尘、钢铁和噪音,想当然地认为那里一定会诞生很多性格强烈的女人。这个城并非我的故乡,只不过,它们很像。春天,沙尘暴撕裂天空的声音永远沉淀在我灵魂最深的地方,不管我走到哪,不管我遇上过什么人,什么事情。

再后来,我离开了那个河谷小城,来到了巴黎。一待就是四年。

除了巴黎,我想世界上任何一个大的都市都有一批像我这样漂着的年轻人。在这里,我认识过来自五大洲超过三十个国家的人,越来越觉得阿加莎·克里斯蒂的话很经典:"人性在哪里都差不多"——因为无论肤色,无论种族,无论信仰,可爱的人们总是相似的,狭隘的人们则各有各的狭隘——别动不动就把"文化差异"挂在嘴边,过分地强调"文化"也是狭隘的一种。我遇到过非常好的人,也遇到过非常坏的人,我经历过人和人之间不需要语言就能分享的温暖瞬间,也见识过最险恶的国际政治和种族歧视。除此之外,还见证过一些人出于种种原因,或者原因不明的堕落。四年的时间,几句话,也就说完了。

岁月是短暂的,很快就过去了;可是人生,的确漫长,不然我偶尔回头的时候,为什么会不记得自己是怎么一路变成今天这样呢?小说依然在写,经历过一本书静悄悄地出版,再无声无息地下架;后来也有了"畅销书作者"的经历,可是眺望一下当年那个关于"绽放自己"的理想,才发现,"理想"和海市蜃楼差不多,不是用来握在手里的。就像高等数学里讲的那个极限,你最多只能接近它,无限接近却永远不能抵达——我的数学从初二起就没有及格过,可是我依然觉得,当我第一次听到老师讲关于"极限"的时候,心里好像真的被感动了。我曾以为,当我确定我要写作的时候,因为心灵有了归属,还以为自己可以慢慢活成一个平和、宽容,然后恬淡的人……却不知道生活处处是陷阱,它有的是办法让你亲眼看见自己丑态百出,让你一遍又一遍地明白,你永远变不成一个"更美好"的人。自我的锻造不能说没有用处,但不是万能的,因为你忽略了,你锻造自己的动机或者并没有自己当初认为的那么单纯。

是的,我神化了自己的理想。我以为完成自己是最神圣的事情,是因为我把自己看得太大了。我以为当我克服了困难,做到了一些事情,自己就可以随之完整起来,但是我忘了问问自己,所谓的

"理想"里到底含有多少功利的成分？所谓的"绽放"中到底有多少是为了缤纷世界的诱惑？说不清楚的东西就暂时放着吧，成年之后的我总算是明白了一件事情：一些事和一些事之间的关系不是简单的二元对立，而是相互缠绕直到生生不息，比如"市场"和"艺术"，比如"利益"和"情感"，比如"爱"和"恨"……不过有一样东西看似毋庸置疑，也不用分析，就是这人生原本满目疮痍。你用尽力气，最终改变的只是生活的外套，比如你在哪里工作，在什么地方住，穿什么衣服开什么车，和什么人来往……就算这些全都被改变了，你也只是为"生活"换了件光鲜些的衣裳而已，里面的千疮百孔是永远没法更换的。某天黄昏，坐在乘客稀少的公共汽车上，晃晃悠悠地穿越了夕阳下面的协和广场——我终于想明白了这个，在一瞬间，醍醐灌顶一般地，想明白了这个。

　　这就是我的十年。说来惭愧，没什么可写的，只好嘲笑一下自己，这才到哪儿啊，好日子还在后头呢。我相信未来，所以很多时候不敢妄言人生，只不过，确实地感到，当初那灼热地追逐幻象的自己已成往事。我的第一本长篇小说发第三版的时候，我在后记里对自己说："那个时候我不知道，对于一个人的生命来讲，挣扎跟和解，到底哪个更珍贵。其实直到今天我仍旧不会回答这个问题，但我在不知不觉间，学会了不再用这样的方式提问。那时我还固执地坚信着，无论如何，飞蛾扑火都是一种高贵的姿态。可是今天，我只能微笑地眺望着当初的自己。我不是在嘲笑她，我怎么敢。我只是羡慕，她那时候那么自信，自信自己是澄澈的，是纯粹的，是打不败的。而今，我已经被打败过了，我用曾经的飞蛾扑火，换来今天手心里握着的一把余温尚存的灰烬。值得庆幸的是，我依然没有忘记，这把灰烬的名字叫作理想。"

变成灰烬了也没有关系,总比没有好,只要存在过,就好。

笛安,作家,现居巴黎。主要著作有长篇小说《告别天堂》、《西决》等。

我去 2005 年

马小淘

失恋 2005

其实我是 2004 年末失恋的,分手还是我提的。按说不该痛苦,但我确实挺难受。

我和我男朋友好了四年,一拍两散时我大四,他大三。

分手那天早晨我去上了电视新闻播音大课,聪和西西商量下课一起去吃肯德基,我酷爱垃圾食品,没人邀请就主动加入。下课了,记不清她俩谁变卦了,我们就改吃食堂了。快吃完的时候,我男朋友发短信约我一起午饭,我挺兴奋的,但还是遗憾地告诉他,在食堂,已经快吃完了。我俩那时候都挺忙,虽然在一个学校,但早不像以前那样天天黏糊在一块了,他给我发的信息,还没有假发票、代人寻仇的广告多。他说到食堂来找我,我回了个微笑的表情符号,意思就是同意,我等他。

他来了,穿着件粉色运动服,显得又高又嫩的。聪和西西走在前边,我俩在五米之后。话不投机半句多,食堂到宿舍的几分钟路上,我们争分夺秒地口角了。现在回想理由已是徒劳,完全没头绪。

"那咱俩分手吧。"我说。

"这可是你说的。"他微笑着答。

"是我说的。"我也笑。

"你不再想想了?"

"不用了。就这样吧。"

"那就这样吧。"

正好到宿舍楼下,我头也没回上楼了。我们都微笑,像在隔岸观火,像巴不得摆脱对方。就此作别,干脆利落。这个貌似有些仓促冲动的休止符,是正式的,标志着我们的恋曲戛然而止了。我们没有撕破脸,但心知肚明再走一步就是弹尽粮绝。分手,从此恋情再无悬念,既相逢,却匆匆。

情人的事别人看不懂,再加上我们都是爱面子的人,不小心就把恋爱谈得道貌岸然了。如履薄冰时,也不忘故作姿态。众人眼里,我们正开到荼蘼,作为预备役恋爱楷模,时刻准备着殉情呢。世事难料,连我自己也没想到就那么游戏似的分手了。有人问我为什么那么突然就一刀两断了?我懵懂地想了半天,把自己都给难住了。其实心里是明了的,只是有些话,不能说。算是兴之所至吧。这样的默契,怎么也得培养四年才能有吧。

晚上我给我妈打电话,我说我分手了,变一个人了。其实我那是邀功呢,爸妈一直不喜欢我男朋友,那几年咬着牙装开明盼我俩

分手。我心里明了父母的不满和包容，却爱得像一支离弦的箭，回不了头。本以为我妈会为我的迷途知返举杯邀明月，可没想到，她在电话那边一下子就哽咽了。我怔怔地听电话那端窸窸窣窣的哭泣，也被勾出了眼泪。我妈先难以自持伤心了一阵子，才非常郑重地劝了我两句，还说要趁周末来北京陪陪我，被我断然拒绝了。我示意我只是失恋，不是离婚，别兴师动众的，搞得我自己都下不来台。好说歹说，我妈才停止过分心疼我，放弃了安慰天使的角色。三天后，她的心意随着一个快递到了，一个夸张的米奇大耳朵发卡，一个巨大的米奇存钱罐。因为十几岁开始就迷恋米奇的物件，我妈已习惯了经过米奇柜台时停下来选选。我把发夹戴脑袋上，在镜子前摆各种表情和姿势，直到我自己都腻歪都不好意思，才哭着离开镜子。再摆弄摆弄存钱罐，难道妈妈是提醒我，恋爱谈毁了就好好赚钱？不管我妈有没有那么励志的意思，反正我被感动了。关键时刻还是血缘关系经得起考验，最亲近的人，懂得我内心的固执与痴。

想不到的是，失恋的影响像核辐射，当时没觉得怎么样，慢慢却扛不住了。我像从催眠中醒来，舒展着有些迟滞的忧伤。分手的话真是两句四年得，一吟双泪流。记忆力是人的软肋，心中事，眼中泪，意中人，我被身不由己的念念不忘折磨得心力交瘁。牵手时年纪未满双十，在花团锦簇最好的辰光，我们少不更事风花雪月眼角眉梢，一起走过很多路，至少短暂地相信可以厮守。与失败的爱情回忆面面相觑让我心乱，我要说万箭穿心，一定有人觉得矫情，但是我负责地说，保守估计十箭穿心是达到了。独自的时候，我像一只粘在蜘蛛网上的虫，膨胀着身处绝境的焦躁和愤恨。我是奔着天荒地老去的,却换来个咫尺天涯。怎么做了四年的大工程,忽然就成烂尾楼了呢?怎么从无坚不摧变得年久失修了?怎么从相互吸引变成麻木甚至变成厌烦的?相处越长越陌生,共同的东西在减少,忍耐、质疑渐渐超过欢喜、笃定,除了承认当初判断失误,简直没有其他解释了,爱情死因不明。

知道怨天尤人没用,可是看着这种有始无终不了了之的事,还是有点转不过弯。感情都扔进了无底洞,四年换来一场空。到底不是无计较的高人,忍不住可惜那四年青春。要是有谁好心来劝解,我就话匣子打开满嘴跑野马,说花开花落,说瞬息风华。常常是我似水流年还未追忆完,劝我的人就自顾自哭了。我意犹未尽收声了,她们陷在弹指红颜老的伤惋中不能自拔。久了也就没人热心了,无人问起,无人提及,话题不小心到这里,大家都无声无息。我也没离群索居,赶上什么热闹也不躲,那时是大学最后一年了,大家喜欢扎堆出去玩,呼朋引伴夜夜笙歌。唱得不好我照样唱,心情不好我不声张,亢奋完该消沉还消沉,总忘不了自己失恋了。内心挺苦涩,不想重温又难以释怀,拿不起,放不下。白羽绒服被我穿得泛黄了,却邋遢地依然穿着。所有东西都蒙尘了,何必让衣服例外呢!

触景伤情那是常事,我们生在同一个城市,又在同一所大学读书,曾经不分彼此,却没料到缘分点到为止,只是热络一阵,终成为提前退出彼此生命的路人甲。互相影响挺深的,有人说我说话的神情越来越像他,甚至我自己都觉得被潜移默化了,包括由我提出的分手,那种和我性格不符的决绝和潇洒,似乎也是为了配合他。

感情粉碎了,以后没什么与他有关的跌宕起伏了,我们就彼此变得不重要了。后来在地铁上遇到他,我拿着很多东西,他乐呵呵

迎上来,却无意帮我分担一下。我不动声色,心里却乐了,这个细节,足够我干净地忘掉他。

2005年大张旗鼓地来了,妈妈的本命年结束了,我的笑又变得真诚了,又开始站着说话不腰疼了。春天来了,积雪融化,隐隐有几分疼,我想起上小学站队时最熟稔的口令:向前看齐!手放下!

生病2005

那场病很诡异突然。病来如山倒。

我在图书馆,瞬间天旋地转站不稳,蹲在地上流汗。手里拿着四本肮脏的掉页的书,要补充修理毕业论文。另外三本真的不记得了,有本很牛的是泰斗张颂的《广播电视语言艺术——中国广播电视语言传播研究》。在播音系提张颂,有点像在公元755年提李隆基,如果表现出不尊重,那就是要造反了,那人可以简称安禄山。

计划借完书一起吃饭,和苹果约好在流通部会合,他进来时发现我穿着绿色针织衫红吊带扎眼地蹲在地上。我说我难受。他说夏天很热没人舒服。他带我去食堂喝了个宝矿力水特,那是我第一次喝这种饮料,心想为什么饮料的名字起这么长?味道有点怪异,咸咸的,但是挺纯正,好像仙女的汗水或者眼泪。不是我做广告,喝完真的觉得缓解许多,我坐在食堂的塑料椅子上,忽然饿了。于是我们去吃肯德基,在学校更向东的方向,我吃了两个汉堡包,食量不像一个病人,倒像《白雪公主》里那个叫作饕餮的小矮人。吃饱喝足我打车回家,猪一样没有烦恼也并不喜悦地坐在空调里。下午的难受已经远离。却不知那是大部队到来前的先遣团，是值得注意的提醒预兆。晚上如常洗澡，洗着洗着就浑身乏力，被某种前所未有的强大的疼袭击。身体赤裸潮湿，躺在浴缸里，觉得后脑勺开出带着毒汁的花，根茎插在脖子里。

第二天，我给苹果打电话，说我很难受，他问我是不是吃俩汉堡撑的，但还是关切地来了。

我像祖先一样不适应直立行走，搞不清楚自己来自云南元谋还是北京周口。很久没有打扫房间，苹果踮起脚尖越过满地的书本袜子裙子，小心谨慎怕扬起地上扎堆的沉寂的毛毛。我披头散发像个尚未开化的原始人。因为后颈奇异的感受，把头压得很低，我走在他身后，希望难受快点过去。他想起什么，猛地一回头，我佝偻的姿态和迟钝的反应促使脑袋正扎在他带着加速度的肩膀上。嗡！从姿势看是我撞上他，效果上完全是他以肩为凶器给我迎头痛击。漏房子赶上下雨天，本就金星闪烁的眼前，跳跃着加大了一号的星星。作用力等于反作用力，他也龇牙咧嘴地按着肩膀。我支持不住躺在里屋床上，他跑去方厅看碟，我睡去醒来眼见天色变黑，他看一段就进来看我一眼。左眼装着关心，右眼塞着瞧不起。到底是年轻的男子，对提供呵护的表演尚显生疏。而且我一贯太健康了，从高中到大学他看见的都是一个贪吃、霸道的女孩，从没弱柳扶风过。

我一直不饿，一旦如此我便是真的病了。苹果问我想吃些什么，我茫然地看着他，说真的不饿。他说那也要试着吃一些，于是拿着订餐的菜单，安静地挑选。

饭送来，我挣扎着起来吃了两口，坐着对我是非常残酷的姿势，上身一立起来，就感到脑勺那花朵在疯长，邪恶的疼啃啮着。

被逼着吃了几口，我趴在马桶边，把吃掉的都吐出来，很不雅观地发出呜呜哗哗的声响。苹果后仰着身子站在卫生间门口。"你这是心理作用。"我永远记得他的姿势和这七个字的话语。"我是真的很恶心。"我搞不清当时为什么要解释。生病的我竟然变得比平时更认真诚恳，满怀低人一等的歉疚。

他照顾我到最后一班地铁。我躺着，目送他离开屋里，不知道他是如何经过方厅将门带上的。

第二天爸爸来了，出差。前一晚我在电话里说我难受，我躺着打电话，对听筒那边的哈尔滨说，我头疼。

爸爸看了看我，说睡觉吧，兴许睡醒了就好了。出去办事了。

我果真睡了，再醒来，还是没有好起来。

然后我哭了，因为长期健康，对忽然的疼痛无所适从心生怨恨。

下午三点，爸爸带我去医院。穿衣服出门的过程无比漫长，每个关节都不听使唤，做一个动作，都觉得又难受了一分。我像一个螺丝松动的旧物，不得不被带到工厂检查、保养。车在楼下，我被塞进车里。中途打开车门吐了一次，明显不是食物的黄色液体经过口腔倾泻而出，我至今不知那是什么东西，只觉得那颜色很正，鲜艳而俗丽。

医院像迷宫，考验着爸爸的体力。地下挂号一层开票南楼看病北楼 CT，整个过程，爸爸抱着他接近五十公斤的女儿一路小跑。我如同散架的提线木偶，当啷着四肢，一脸晦气呆在襁褓时最熟悉的怀抱。

即使这样，我也不太相信自己真病得挺重。总觉得生病是非常严肃的事，与我没什么关系。去看病没觉得真有事，以为大夫会不屑一顾地说这不算病，回去休息两天，别给医院添乱。去，是为了确认其实没病，暗示自己别装病。没想到，还是个疑难杂症，搞不好都晚期了。出门连手机都没带，以为大夫损我几句，我就乐呵呵溜达回家了呢。（我二姨是医生，每次有什么症状给她打电话咨询。她都轻描淡写地送我两个字——没事。偶尔还恶毒地说，如果不放心就找个跳大神的治治，反正医院不管这些。）

我是被几科大夫会诊后才知道自己要死的。三个年轻大夫绝望凝重的脸拼凑出死神的请柬。爸爸怀疑是颈椎病，先带我去了骨科门诊。骨科的大夫挺帅，属于斯文内敛的类型，他没说任何和骨头有关的话题，只问月经是否规律，让我怀疑是不是误入了妇科的门诊。我回答规律，起身到洗手池又吐了一些艳黄的汁水，给了大夫点颜色看看。他说不像是颈椎的问题，就把我带到了神经科内科的辖区。接收我的大夫姓朱。只记得他眼珠转了又转，边琢磨边说"瞧这个吐法，不对劲啊！"这句语焉不详的话是他给出的唯一诊断。脑外科医生来了，问我是否受过什么撞击。我想起前一天苹果的猛回头，一五一十地招了，但没忘了补充说，撞之前就开始头疼了，是先头疼后被撞的。几个大夫迷糊了，他们悲戚戚地看着我，仿佛一个未曾开放的花苞从里往外地生了虫子，园丁的眼里写满无能为力。我躺在不干不净的诊台上，被他们的绝望感染着。朱大夫溜达着想了半天，拨了个电话，招来了他们医院脑科的一位牛人。给出了结论——急性脑膜炎或者脑出血。

我爸掏出手机跟我妈报告了病情，我妈在哈尔滨几近昏厥。这边大夫没抢救我，那边同事却都在抢救我妈。我妈刚缓过来就爆料

般把消息传给了我姥，我姥顿觉心口失血，一屁股坐沙发上半天没起来。独生子女制度的弊端就这样显现出来了。家里要是一片玉米地，折一根顶多也就叹口气，一共就一根玉米秧子，稍微打个晃，就把人吓个半死。一个孩子简直就是孤注一掷，让家庭经不起优胜劣汰，万一有个三长两短，就断了家庭的未来。后来我起死回生不仅可以直立行走还健步如飞自如奔跑的时候，听到各方老人对当时情景的叙述，终于知道自己嘴快的毛病像谁了。我爸、我妈、我姥……消息一溜烟就传开了。

我被弄到一个带轮子推着能走的车上，医学上那叫什么车，我至今不知道。爸爸推着我去验血做CT。医院里游荡着各种能直立行走的患者，我看见拄拐的都十分艳羡，凄然地觉得此生跟鞋没什么关系了。做CT时前边的是个打点滴的老太太，似乎是扎得不好，回血滴答滴答淌了一地。我看着暗红的血撞在灰色地板上，觉得人生凄凉，自己离那一步也不远了。老太太的女儿惊骇地大叫，人在紧张时发出的声音常常不是靠拼音能拼出来的，情急之中小宇宙一爆发，发出的多半是含混的歇斯底里。但很奇怪的是，这种语言直指内心，听者不需思考就能感受其中含义。竟然每个人都懂，那喊叫表达的大概是：啊呀我的妈呀，大夫呀，点滴没扎好啊，我妈流血了！大夫三下五除二搞定了老太太，血不再滴了，走廊陡然安静。医院就是这样，呼喊和寂灭，出生与死亡，毫无连接地交替。

等CT结果时，朱大夫见走廊太混乱又让我躺在了门诊的床上。手上扎着输液的点滴，头脑里寻思着不甘心的遗嘱，我看见爸爸慌乱地走来走去。朱大夫闲不住，他一直在给朋友介绍对象，通过电话。此人语速快句子短，语言从他嘴里出来像欢蹦乱跳的猴子。那些夸赞两方条件的词语，甜美温润，像猴子手里的桃子。我听着双方的条件，也觉得应该见见，确实挺合适。撮合完朋友，朱大夫脱去红娘的外套，又插上白衣天使的翅膀。他语重心长地安慰我，满脸救死扶伤的亲和。他说，前阵子他们接收了一个先天性脑病的女孩，二十五岁，比我大不了多少。虎或仇大夫做的开颅手术，非常成功。虎或仇大夫是这方面专家，临床经验丰富。女孩恢复得很好，还送了面锦旗呢。我心想着脑袋被掀开的情景，抓紧活着的时光起了一身鸡皮疙瘩。我好像还喃喃地对我爸说，我不开颅，我不开颅。不过后来我内心斗争激烈，一想到不开颅肯定会死，就暗下决心接受手术了，我还是挺想活的。我像所有英雄一样，永不言败热爱生活，决心与病魔作斗争。

后来我小叔来了。我爸果然是人际传播的一把好手，眼疾手快不知何时通知了他。我学大众传播真是没有错，我爸这么优秀的人繁衍的后代，在传播上还能差了？小叔比我大十岁，十八岁时跟我打扑克还老耍赖。他希望我像长辈一样尊重他，我却总忘不了他赌运不佳还发脾气把我家门摔掉皮的事，忍不住想跟他对着干。那天我俩上演的是非常煽情的叔侄情深戏码。他说淘淘不要难过，很快就会好的。我坚强地点点头，心想连你都不报复我了，我可真是快谢幕了。我爸、我小叔、我，我们三个都沉默着，点滴瓶子里眼泪般不疾不徐落下的药液，仿佛生命的沙漏，即将结束的倒计时。骨科大夫下班时来看了我一眼，好像他再上班时，我头上就要蒙上一层白布了。他无奈地叽咕："多漂亮的女孩啊！"我素来喜欢别人称赞外表，那一刻却觉得听的是挽歌。大夫悲悯的眼神，让我甚至想安慰他些什么。

　　我挺空白地躺着，等点滴打完，视死如归地想自己是如何生的不伟大，死的不光荣。我小叔没话找话说我鞋挺好看，我又上来了爱显摆的毛病，说那鞋买的时候如何幸运，是那城市的最后一双。接着又悲从中来，心想，不死也是瘫痪，跟鞋说再见了。

　　后来事情发展得意料之中了。我可以絮叨地把它写出来，说明我必定没有死。并且我也没有成为霍金，我完全康复了。病情不是脑膜炎也不是脑出血，它至今是个谜。两家医院诊断不一，我跟谁也没商量在一周后复原，当然过程中一直在打点滴，不知道算不算是医学的奇迹。我觉得貌似是中蛊了，但也不知从何说起。这之后我就不把自己当平凡人了，有了大难不死的经历，一听说谁得了脑血栓啊脑梗啊之类的病，都特不当事，心想大惊小怪什么呀，我原来跟这些也沾边。

　　妈妈来了，苹果哭了。妈妈坐着火车风驰电掣地奔赴我生病现场，大呼小叫地做了一桌子谁也没吃的菜，还非要守在我病床前，闹得我非常疲惫还得陪她聊天。她抚着我的头发，深情地看我，让我怀疑我是不是已经死了。苹果在听到了两个危言耸听的病症名称后，终于不敢小瞧我了，再不说我是心理作用了。他拎着一打宝矿力水特前来探望，联系了301医院某个大夫非让我再去作个核磁共振，信誓旦旦要照顾我一生，还帮我整理了两天毕业论文格式。家里放了好些同学送来的水果和鲜花，因为我面色日渐红润，所以是康乃馨不是菊花。我的本科毕业论文指导老师——《马斌读报》的主播马斌听说我得了那么匪夷所思的病，百忙之中打来质询电话，哀我不幸怒我不争地问，怎么让水进脑子里的，答辩时候能不能清理干净？我没好意思解释是脑膜炎或脑出血，不是脑积水。我拒绝了班主任提出的免答辩建议，坚强地参加了本科毕业论文答辩，为我的大学时代划下了一个要强上进的句号。答辩那天是六月一号，全世界儿童的节日，我的论文题目是《浅谈游戏益智类节目主持人的基本素质构成》。

毕业 2005

如今我在读硕士，还是在本科的学校本科的学院本科的专业，导师是本科教我时间最长的老师。但是我还是觉得我最珍贵的学生时光已经结束了。2005 年 6 月，我本科毕业卷铺盖走人，盖了四年的被子以三块钱的价格被收购。热火朝天了四年的宿舍陡然冷清，报纸杂志扔了一地，床板书架一片尴尬的空白，我们走了，住宿证、钥匙统统上缴，挥一挥衣袖，不许带走一片云彩。

时光那是相当飞逝，我们被毕业袭击了。入学时使劲瞭望也没看清的 2005，就真光阴荏苒稀里糊涂被踩在脚下了。我不信谁做好准备毕业了，谁适应能力那么强，谁就进化得太快，不属于二十一世纪人类的范畴了。毕业证一发，没人对我们负责了，身后没有学校撑腰了，感觉像翻脸不认人，生活真残酷。我们平时挺爱糟践学校的，说起学校时候都新仇旧恨，搭配着一失足成千古恨的表情。在学校里晃荡了四年，真没见谁带过校徽，好像都藏着掖着的。但一下子与学校脱钩，从此单打独斗自负盈亏，生活焕然一新，还真挺害怕，怕被亏待，怕放不开，几乎要崩溃了。

　　散伙饭是隆重又悲伤的仪式,吃的是烤肉,我们班包了一个自助烧烤城,从六点吃到午夜十二点。十二点其实还是聚散两依依,没人想离开,但服务员露出貌似抱歉实为轰赶的笑容,提醒打烊时间业已接近。十二点,灰姑娘现原形的时间,我们微醺着哭泣着拥抱着词不达意地离开,不知道把水晶鞋留在哪里。没有必要,线索断了,我们毕业了,你拾起鞋来也不知该去哪里。我把阳伞落在了饭店,那谐音散的物件被挂在椅子上,忘记带走,在离别的日子。隔日打电话过去询问,服务员说:"清理现场时,给了最后一个离开的人,是你们的人。"我们的人,已经没有我们了。我们在路上,奔赴祖国各地的新集体。"有两把伞,还有帽子、眼镜、裤子,都塞给你们的人了。"服务员有些不耐烦。是谁喝大了脱了裤子?是男裤还是女裤?

　　其实没人认真地吃,谁都知道那是最后的晚餐,是标志着离别的欢聚。大眼睛尚未开餐就红了双眼,他坐在那儿,噘着嘴淌眼泪,显得任性又可怜。四年,他没有追上心仪的女孩,没有长出成熟的脸,在最后关头放弃了准备充分的考研。这是个单纯而奇怪的男孩,善良纯洁羞涩,有病态的执著和让人错愕的果断。他第一个掉了眼泪。找不到第二个了。大眼睛的泪像一枚信号弹,所有人的眼睛都迅速接受暗示灵敏起来。他哭了,我哭了,你也哭了,一下子前尘往事成云烟了,我们都受不了这种突如其来,不哭不足以平民怨了。留不住了,大学时光悬在山崖边,你推不推,它都会迅速掉下去,马上结束。各奔东西,去险恶的社会,像一个圈里同槽共食了四年的猪被分散到各个屠宰场,不舍里还含着绝望。我们知道,很多东西,形散,神亦散。我听到田同学呜呜的声音,难听,虽播音时掌握了胸腹式联合呼吸法，哭的时候还是胸腔共鸣过重，像头愤怒的驴。我看见LISA小脸绯红穿梭在同学中，她不能喝，却坚持想和每个人碰一碰，三天后她将启程回四川，成为省台的新科主播。H和S坐在一起聊天，他们曾经短暂地相爱，在朗诵会上珠联璧合地扮演公主和驸马，后来惨烈地分手，从此形同陌路再无言语，两年来他们第一次重新交谈。不是破镜重圆，是猛然发现，恨不恨不再是关键，或许从此再也看不见。

今日送君须尽醉，明朝相忆路漫漫。集体解散了，像被扒开的橘子，一瓣不再挨着一瓣。四年里，每天都有新鲜事，七十多人如影随形。篮球赛上打群架，一致对外，闲来无事起内讧，互相讲究。我们热热闹闹絮絮叨叨，一起懂事，闹事，没事找事。然而果然是没有不散的宴席，那顿裹挟眼泪的聚餐过后，我们随命运，辞旧迎新。

那天是满月。我记得月亮金黄圆润粘在天上，但是无从查证。那日的记忆一片温暖模糊，情绪多内容少。北京应该下一场大雨配合我们，但天气铁面无私爆热得一点不含糊，除了我们哪也不潮。我和辛一起打车回学校，他翌日清晨将启程去厦门报到，一天三挡的直播新闻等着他穿着西装打着领带去播报。我们在车上抱头痛哭，想起大三时候的冬天，我们吃完水煮鱼去小天客隆的台球厅。一路上我俩谁也不饶谁，你打我一下，我就一定要还你一下，后来发展成一个打十下，另一个就一定要还对方十一下。我俩一边打一边数，都怀着必胜的信念叫嚣。出了校门的马路车流如织，我们却都怕失去了眼前的胜利不管不顾，邱无奈地保护在周围，嘴里苦口婆心地劝了又劝："小心车！求求你俩，小心车！"邱是我最默契的搭档，任何一次朗诵、演出我们都饰演情侣、夫妻，终于有一次我们演

的不是人，他是一只垂死的狼，而我成了殉情的母狼。

几天后，是宿舍的散伙饭。电视和 VCD 机被廉价甩卖，一周前谈好了五百块，却随毕业甩卖的最后高峰跌了一百。四百，陪了我们四年的机器冲抵了一顿火锅的账单。篱街的最西边。沿着一路红灯笼前进，人间烟火配离愁别绪，吃饱了说再见。饭后我们各自离开，因为不再顺路。以前我们是住在一起的，那个窝囊、凌乱、地砖被踩碎了的小屋，摆着三张上下铺。虽然怎么看也不像闺房，倒更像一个土匪窝。我们在屋里过生日、失恋、生病、翘课，晚上抢洗澡，早晨争厕所，互相壮胆也偶尔互相冷淡。林子耿耿于怀地说起大一报到时我的刁蛮，她想用我暖壶里的热水，被我毫不客气地拒绝。我隐约想起对她拿自己不当外人的态度也有点看不惯。聪回忆起我俩在《欧洲文学史》考试的前一天还不知死活地出去打工赚钱。我们心猿意马呆在干洗店，搔首弄姿地拍摄报酬并不优厚的广告片。虽说连滚带爬过了考试有惊无险，却还是难免后怕地吓出一身冷汗。大三时突发奇想结伴去天津吃狗不理包子；大一时赖被窝全体不出操；《文艺作品演播》结业考试宿舍集体亮相排演童话剧，西西紧张得忘了台词，我把道具钥匙丢在了候场的走廊。那一晚，我们心疼地拾起一地闪亮的碎片，笑容凄凉。像正经历一场恍若隔世的悲伤梦游，热火朝天，又神情憔悴。

后来无数次与人说起毕业时煽情的散伙饭，尤其是跟同龄人。每次都渲染细节，不仅自我沉溺，还非要打动别人。怎么聊也不恶心，千万次地聊，其实基本就是显摆。一个团结的集体让人有归属感，觉得自己也多少有点了不起，忍不住炫耀。

散伙后，所有人都忙起来了，作为最新鲜的血液被输送进祖国各地的电台电视台。不能说无一例外，因为我是唯一的例外。所有同学意气风发扑向新生活时，我意志消沉得一言难尽。我没继续读书，也没找工作，把行李从学校搬到家里，开始恬不知耻地天天躺着。想不起来当时为什么那么拧巴那么自我怜惜，人为刀俎，我偏不为鱼肉，鱼和熊掌什么也不是我所欲，宁肯在家喝凉水也不想出去给谁卖命，先入为主把工作设想成压迫和剥削，生怕让别人榨取了剩余价值，对校园以外怀着宁死不屈的仇恨和畏惧。我对父母说，我读书读得太累了，又畏惧在广播电视的第一线冲杀，想停下来空白一下。没想到，他们竟然犹豫都没犹豫就同意了，连一点惊诧和规劝都没有。我有点失落，原以为这两位对我有挺大期待，闹半天人家压根就没打我的谱。大概是觉得我一场暴病，脑子也坏得差不多了，送去社会也是给国家添麻烦吧。

同学们都鲲鹏展翅时，我蔫头耷脑决定再洗一年羽毛。不计后果放任自流的生活开始了。那之前我其实挺按部就班的，从重点小学一路读到 211 大学，勉强算是觉悟高思想好，不算出类拔萃也没掉过关键的链子。

我说想报个厨师学校学做饭。本科时最亲密的老师说，去也可以，麻烦我先杀了她。我说我不是打算转行当厨子，只是觉得饭才是真正的人间温暖。老师没理我这茬，继续要求我先杀了她。我心想，做事不能太绝，断不能把我最喜欢的老师逼疯了，只好作罢。我妈说可以拨点经费让我去香港买东西散心，我心花怒放了一秒，不为所动地拒绝了。那一刻我发现我自尊心其实挺强的，挣得太少，不好意思多花。基本什么也没干，所有乱想的盘算被放下，我每天听听大鼓看看书，偶尔在简易的网络游戏里被杀，一身睡衣打天下。

　　两三个月之后我就烦了,待业小青年也不是那么好当的,总闲着也挺疲劳。放任迷茫的结果是迷茫被加重了。很受刺激的是有一次我看报纸,社会版。说有一挺富裕的空巢老人被杀了,警察一番勘察分析后,把嫌疑人锁定在邻居身上。一调查,楼里住着一待业青年,先从他入手。看到这儿,我就挺来气的,总说不拿有色眼镜看人,怎么一找嫌疑人,就先把我们待业青年揪出群众队伍了呢!选杰出青年不考虑我们也就算了,怎么一到社会不安定因素就又想起我们了呢!往下看我就更来气了,那待业青年还真不长脸,人竟然真是他杀的!我扔了报纸,气哼哼决定考研。待业青年鱼龙混杂,还是重新混进学生队伍求知若渴吧。

　　开始复习考研,英语政治,政治英语,脑袋都快炸了。我短暂歇息后重出江湖,又精神抖擞地为理想奋斗了。但还是抑制不住与世界做对的冲动,总想把什么捣毁再重建,不折腾折腾就浑身难受。因为退出了公共场所,找不到什么事和我针锋相对,于是跟头发较上劲了。之前我对发型之类的事一直是忽视的,十年如一日一头自来卷的披肩发。那年也不知哪根神经错乱了,隔几天就兴高采烈剪头发。烫卷,拉直,各种刘海,我从不听美发师劝阻,对任何一款怪异发型的钟爱都坚定又果断。

　　现在想来,我那年神经质的生活状态有几分可笑,是一种风风火火的脆弱。毕业好似忽然被拿出保险箱,勒令禁止再当孩子,立马变大人,压不住心里的惊慌失措。同学们也都差不多,别看都人模狗样戳在岗位上,春风得意铁肩担道义的,其实每天回家第一件事就是给自己揉肩膀,一没人就忍不住舔看不见的伤。有人给我打电话哭,有人骂,张嘴闭嘴不想干了,都说羡慕我没入世就出世了。

我说大家都一样，到什么年龄干什么事，跑到月球也躲不开内心的挣扎。我哪好意思说我那是吓破胆了，怕受挫折就偷偷在家精神胜利翘尾巴呀！好在持续时间不算太长，我和我的同学们，前后脚地适应了。不愿意干的事多了，没本事拖着一辈子不干，还是尽早干吧。地球不是为谁一个人设计的，大家都在这儿生老病死，谁也委屈不到哪去。

斗转星移，大眼睛出人意料地辞掉了广州的工作，晚我一年考回了学校读研；田同学失去了山盟海誓的多年女友，开始了崭新的恋情；林子即将放弃福州当家花旦的位置为爱回京做北漂；LISA嫁做人妇，过起了和美的小日子……毕业一周年，我们相聚欢宴，辣子鸡水煮鱼的气味中讨论车房贷款。毕业两周年，班长大媛结婚，我们把大人的礼和孩子的礼一同塞进红包，送一起长大的姐妹出嫁。日子越来越滋润，更重要的是，我们其实没有真的离散，或许就这样彼此打击挖苦信赖珍惜到残年。

马小淘，作家，现居北京。主要著作有随笔集《蓝色发带》，长篇小说《飞走的是树，留下的是鸟》等。

细批流年

叶 舟

话是风,字是踪。

——题记

杀人的民谣

一定,有一个人坐在大地上,细察过日头内部的湿柴,是如何噼啪烧起来的。我猜,一定有一个人,曾经骑在马上,游方四季,栉风沐雨,逡巡过日头内部的那一只玄鸟。这人是谁?我竟不知道。正史稗说中,也不曾提起他一星半点。反正,一定是有这么一个人,盯住日头死看——终于,他的眼底里生出了一层苍苔,日久生锈,蚌病成珠。

我猜:人黝黑的眼珠子,就是被天空落下的笔毫,标点过的。

这个人瞎掉了。只得在月光下颓坐，迎风泪洒。月亮是日头失散的一个小弟弟吗？晒月亮时，他会揪住一棵棵青草，究问这个答案。显然，月亮晒他时，月亮也晒着世上的青草。起伏的泥壤上，谁都仰头究问着这个答案。

后来，他翻开了一本经书，指给人念唱。他仿佛看见一位王子晒着月色，跃过宫墙，也去寻求这个答案了。

这位王子是佛。他坐化在一片青草地上。

于是，我猜想：这世上或许真没有一本真正的经书，能写下清晰凿然的答案，叫人了然在心，拈花一笑，渡此苍茫。那个瞎掉的人，或是你，或是我——只是我们晒着月亮时，眼底里曾有过一层阴翳，都不太确凿作答，不曾看见。

那一年秋夜，我和漆进茂坐在草原深处的土岗上，晒着农历中秋的月亮。这个沉默经年的男人，蓦然开口，唱了一首杀人的民谣——

　　天留下了日月，
　　草留下了根；
　　人留下了子孙，
　　佛留下本经。

减　法

这几年，往山上跑的次数多了起来。

山曰华林，位兰州南翼、黄河右岸，实则是一座半生不熟的土岗。在张承志的《心灵史》笔下，它是晚清回民起义时，最后的堡垒之一。在一百多年前的冬日，义军们汲水浇山，将山冈铸就成一座冰雪的掩体，以待劲敌。

但政权的箭镞像一把扫帚，又将它净扫一空。

现在，这里是民政部门旗下的殡仪馆，亦是一个人最后的归宿。往山上跑的次数多了，多是去送父执辈的，道一声走好！领取骨灰的一段光阴里，大家掸净尘灰，风度翩然，像一只只鲜艳的花圈，站在土岗上，接着谈说起人际、股票、八卦、绯闻和接下来去饕餮的餐厅风味，浑然不觉。

仿佛，生活真在继续？

这次，竟然是他？！他是我的一个异姓老哥哥，五十挂零，一直对我善爱有加。从倒下，再被送上山，一共才一个月，短得像天空掉下的一滴雨，给他打了一针无望的液体。他才华横溢，热爱生活和美女，酒量惊人。在他嬉笑的背后，却埋着一个文人的失意、落寞和苦闷。在他的丧仪上，我写下这样一联：寂寞刀笔吏，辉煌酒中仙。

前不久，我还去陆军医院看过他。待他从昏迷中醒来时，他告诉我，他读到了我最新发表的一篇小说。瘦削的笑，从他的脸颊上挤出来，也顺便帮我挤出了小说中的那么一点点"毒素"——他说，文学应当是真的，加上善的，再加上美的。洵不虚言。

但现在，他的死却是一道减法题。

——其实，谁都知道，人生只是单行道上的一趟美丽奔跑，不许掉头。人生的幅也不大，只够填满一只红砖大小的匣子，像他。

但他年轻的死，让人登时肃穆萧索，一下子寒自心生。我们五个朋友，站在初冬的土岗上，开始使用减法，来计算这一场美丽的奔跑。

五个人时，就在殡仪馆门口支下帐篷，玩砸金花，或斗地主。

后来，进去了一个。剩下四个人时，就在帐篷里打小麻将，彩头是一毛两毛，不伤和气，又能鼓舞斗志。

又进去了一个。剩下三个人时，玩掀牛九（西北的一种牌戏，三人组合）。

两个人时，执白守黑，下围棋。

——剩下最末一人时，世上的黄昏便降临了，百鸟惊飞，乱云飞渡。最后的一人也该撤掉帐篷，蹲在门口，替世上来往的行人掐指算命，指点一二了。

……

等等！写到此处，腕下雷霆。我直觉得那个坐入了世上的黄昏，替人掐指算命者，不是那最末的一人。

——它应该是一只空碗，置放于暮色下的土岗上。碗，也曾经少年，也莽撞，亦懵懂。在跌仆和传递中，有了痕印、小伤和豁口。所以，它现在命定般地空着，置放于黄昏和大地，如一个婴孩。它应该带着前定的宿命，要去接盛风霜雨露，接盛一切天下人的故事、泪、情仇和爱憎。

尤其，它要接盛下一切人的后果与前因。不分贫富，无论男女。

当罡风袭来，这只碗，能在暗夜里吹响——像那最末的一人，迷了路，或是醉了酒，被抛在长路上。

将进酒

故事说：

有一天，一位爱尔兰人来到了都柏林的一家酒吧。在吧台上，他点了三大杯啤酒，然后静静地坐在角落里，一一排开，再去依次喝完。好心的侍应生上前，提醒说：先生，啤酒打开会走气的，您应该一杯杯来打。

这位先生闻听，先是感激，后哈哈大笑说：小伙子，事情是这样的——我有两个朋友，他们一个在美国，一个在澳大利亚，而我现在坐在都柏林。临分手时，我们约定，以后不论在世界的哪个角落里喝酒，我们都要以这样的方式去喝，以纪念我们曾经度过的那些美好的日子。

小伙子恍然。

后来，这位先生常常光顾，酒吧里的常客们也都熟悉了他的方式，并心里暖和，充满致意。

故事的转折开始了——

这一天，这位先生走进了酒吧，只在吧台上点了两大杯啤酒，然后闷闷不乐地坐在角落里，默默喝着。酒吧里的常客们看见这一幕后，都噤了声，气氛一下子冷了。心直口快的侍应生实在憋不住了，上前劝慰说：

先生，我很悲伤，您损失了……？

哦，不！这位先生理解了他的好意，哈哈大笑说：不，小伙子，不是你想象的那样。我的两个朋友仍然很好，正活蹦乱跳，他们一个在美国,一个还在澳大利亚。现在,我之所以只喝两杯,实在是……

这位先生顿了顿,坦白说:

——只不过,是因为我自己戒了酒而已。

坦白讲,这是一则听来的故事。听完故事的夜里,我也只身犯险,跑进酒吧里,按这样的方式喝了一回。失败的是,直到我双眼明亮、身体泥软地喝瘫在角落里时,我也闹不清那走失的人是谁?那该怀念的一人又是谁?

没了怀念。

再没有比没了怀念更糟糕的事情了。

一个人在世上驻留,迎送晨昏,短得像一声没有尾音的叹息,渺小亦如芥子。而"怀念"这个词,就是一根拴马桩,能系住漂泊、爱憎、后果与前因。或者说,"怀念"这个词是一根插头,一旦接续,反使人通体光亮,熠熠生辉。即使在暗夜疾行,迎头碰壁时。

——在转折到来前,这仅仅是一篇淡漠的小说,波澜不兴。酒吧喧闹如散文,液体似诗。当猝然的转折开始后,那杯酒即成了一种哲学。

因此,中国才有《红楼梦》,而爱尔兰肯定会有一部《尤利西斯》。

幸福在哪里

大学时,我是逃课的生猛分子,因为我不信任。但我也有一个积极的向往:每家校园该有一片修林、一根笛子,该有一位面貌带点儿模糊的美女,去跟一个游方的僧人辩经。精彩时,他们手掌击空,

掌声沾花落地。笛子呢？也应声作答，像一介忠诚的书僮，弯腰拾起一枚叶简，夹进经书。

于此，一座深沉的图书馆，被弃之不顾，渐成废墟。

——夜晚点灯，逐读课本，贪享文字之美。天光敞亮时，我则抱着自己流连昏睡，心骛八极。那是 1986 年，一切都是旧的。几乎每天早上九点，楼道里便会响起一阵木屐声，乏味，冗长，去往水房洗漱，路经我的梦境。像是问话？也像是一笑而过的提醒？这个从黑夜脱身的人，在空阔的长廊里，常会打开身上的某个按钮，哼唱起一句歌子：幸福在哪里？

反反复复，就那么简单一句，追撵着一个叫"幸福"的人。对过是水房。水声哗然，一遍遍将我的梦境浇湿——我不知道，每个人的少年时代，是不是都有一次去做落汤鸡的机会？反正我是。

那时候，一切都是旧的。

其实，现在也没有变得更新。

后来，那个人走掉了，歌声也杳无音信。他去了哪里，继续去拾那一句歌词？还是早被幸福拐跑了？我竟一无所知。

只是，他将疑问留给了我，叫我一直锈迹斑驳，心生苍苔。

一直旧着。

幸福这个人

我坐在黄河畔，晒太阳。

太阳不是一个词，是铜制的器皿，灌了油，递出一灯如豆，让我去辨识世上的心肠。那日午后,他们一对夫妻拉着满满一架子车的废品垃圾,负重地登上了黄河畔的一面长坡。风吹坡顶。顺便,也吹凉他们身上的盐粒和牙齿明亮的笑意。他们卸下拉绳,长舒一口气。女人从怀里摸出一只苹果来,在汗襟上揩了揩。刚递给自己时,却又闪电般地喂到了男人的嘴里。男人踏实一咬,留下一记月牙形的瓣儿,再推让给女人。

废品收购站的路尚远。

我继续晒太阳,看见车上有一块废旧的纸箱板,印着苹果公司的那枚标志。

另一次,大雪初霁。我穿过一只船街道。

在 58 号大院前,我看见一位美貌的少妇,端着一盆热腾腾的衣物,在擦洗晾衣绳。她背对我,心情沉浸。高贵、性感、妖娆、亭亭玉立,像一只优美的天鹅。按理说,我称她为建国嫂。晾衣绳其实是一根铁丝,手抚过,会有一种青铜的声音,弹奏空气。她打开一件件热腾腾的衣物,双臂一甩,将它们一一抻直,挂在铁丝上。定睛看去,却原来挂满了几十块尿巾尿布,上头淡黄的印痕说明了什么。屋檐下,一对老人坐在轮椅车上,晒着云层里稀薄的日光。他们静寐的样子,像极了一堆旧日的档案。

作为街坊,我知道他们是建国嫂的公婆,瘫痪多年,难以自理。只是,在她抻起尿巾,迎风一甩时,我望见了一层水汽,骤然腾起,缠着五彩的霓虹。那一刻,太阳恰巧露了头,朝人世上一觑。

——我在一些宗教画上读到过:在圣人或使者的头顶,常有一轮鲜亮的光圈,作了证明。

葬仪的行进

青海东部,靠近积石山一带,有一场葬礼在行进。

山里积雪盈尺,风寒鸦瘦,枯木遍野。起灵时,一只黄铜的铙钹在前头狂响,一路逐奔,仿佛头羊或领袖,作了引领;十几根清漆的灵杠,抬起龙头寿材,在清冽的日光下狂步紧随。我知道,那座金色的车辇上,坐着一静默之人。这个人的名字,叫"死"。

路经每个院落时,村人们必会燃起一堆麦草,焚烟路祭,送君十里。

此刻,在积石山上,一幅版画在秘密地印制:那群缭绕的烟柱,仿佛一根根梯子,直端端地站着,正接续世上的亡人。

麦草是今年的。

今年的麦子下来了,但亡人却来不及吃上一嘴,就上路了。

在浩瀚的雪原上,一副鲜艳的寿材奔行着,犹如一艘刚打造停手的新船,追撵着天上的梯子,去说一句话,去赶一次长脚。

我心里一疼。蓦地想起昌耀写过的那个词——

"慈航"。

追悼几个词

"风,随着意思吹。"

十六年前,在写下这句诗时,我的墨水就干了。墨水一干,说明一个人也该到了闭关隐修的季节。有一扇门,再也不必跨出,只需要研心问暖,冷热自理。诗,乃是一座修远的寺庙,只在暗夜里砌筑,可真不是写出来的。犹如风起,像一篇自然主义的散文,往往无人问津。

风吹,这是一个通透的瞬间,天空无蔽,让书打开,让心一凛——风吹自然,风吹古代,也吹过我的先人和祖籍。风吹过十点四十三分,也将吹过明天傍晚始发的一列火车。风吹人世上的生灵,也吹过一个婴儿刚刚溺尿的响声。这个小小的幼兽,其实还不知道,风也是一个难心的人,揣了惆怅,手持桨板,打望着这个空荡荡的人世上的流水。水穷处,自然也不见风起。

现在,连那最后一点点的意思,竟都没了。

……风呢,也就从远路上撤回,懒得究问。我被城市这家伙拎起,夹在腋下,嗅见了汗腥和馊臭气,惶若一匹瘦狗,拎着骨头,在人世上喘喘奔命。

没了意思。

词的死掉,就在眼前。

——说话的空隙,风换了装,改了心思,与其他的伙伴们逐一走散,相忘天涯。还好,我揣着一本秘密的亡灵册,细数它们的名字:

流年、倾听、凌晨或黄昏、如来、落叶、天意、义、苍茫、小驹过河、宁静致远、棋局、真水无香、云絮……

在卷末的空白处,我静候,等待填写其他的亡灵之词。他们会来的。因为每一个词,事实上都是一纸契约,写在部首偏旁里。只是,现在他们还未坏掉,还像一台台磨损的引擎,在荒凉的人世上,

吁吁赶脚。

其实,墨水也是一个词。

墨水干了。现在,我再也记录不下什么,连一个亡灵之词的间架结构,一阵逶迤流失的翅影,一捧净水,都再也无能为力了。

也好,我这就阖上这本卷册,敬请安息。

一日不作,心生荆棘

有一朋友,少时为贼。

贼的妙处,就是不能被屈打成招,再将鸭子嘴煮硬,滴水不泄。从宽待之,若一日为友,则终生为友。海枯石烂这个词,也不好去形容。他是我的发小。在过去的旧日子里,我有幸作过他的班长,替他写过作业,撒过小谎,还请过几次家长,严肃地谈过成长的疾病(做贼一事除外)。

准确说,他偷的是白玻璃。

那是一个玻璃紧俏的年代。虽说大地粗糙,无限生成,但玻璃是石头的精血,工业化的针脉尚不能恶意抽取,索要无度。其实,旧日子也有旧的好处,比如路不拾遗、夜不闭户。家家户户窗牖破损,蚊蝇穿梭,日光也缓慢,梦亦稀松平常。自从打碎了教室里的一块玻璃后,他一受罚,就积极上了道儿。

那年夏日,这个贼伤透了脑筋。他一直忖度,如何安全地将一整块玻璃,运出玻璃厂的大门?玻璃厂在学校附近。偌大的场地上,码了几堆需要外运的玻璃。茬口发青,仿佛一汪汪雨后的水洼,埋伏着几只青蛙。后来,他终于想出了奇绝的窍门,落草为贼。

——夏天的正午,他佯称工厂的子弟,堂皇地进了厂区大门。工人们在楼群的阴凉里歇着,远远望见一个小孩,张开双臂,呈现一个"大"字,臃肿地走来。随口问:"做啥的?"他便含蓄地回说:"练功!夏练三伏嘛。"问话的人也再懒得追查,任其在空旷的场地上,蛤蟆样地来来去去,不亦乐乎。

他将一块块玻璃偷出来,不光赔了学校的,还将另外的砸碎在废品收购站里,贱卖了。一块废品卖出去,值七毛来钱。这在当时是一个不小的数字。我跟着他,吃遍了兰州城里最好的牛肉拉面。

却原来,他充分运用了光线的原理。有人叱问时,他便稳住身姿,正面迎人,让日光照透怀里的玻璃,仿佛身无一碍,了无牵挂。用他的话讲,日光也有发黑的时刻,况且一只肉眼呢。

他屡屡得手,一日不作,心生荆棘。有时候,遇上刮风下雨的天气,他就跳着脚,郁闷非常。再说,玻璃的丢失引起了有关当局的重视,还误以为是反革命分子在搞破坏。于是,设伏一下是必要的。东窗事发的那天中午,他又在一趟趟演练蛤蟆功,待对方抛来一句问话时,他照例回说:

"练功!夏练三伏嘛。"

恰此时,一丝暗云忸怩而来,遮住日光,泄露了他。

他一番惊叫。玻璃似一条青鱼,滑脱丢手,泥样地瘫痪在脚下。但鲜明的荆棘丛却很刺眼,泛着粼光。犹如一捆细密的毒刺,退出了他的身体,救赎他。他被管制劳教,三年不知肉味。

心荆肉棘。

——这本身就是一个令人魂飞魄散的词。不说，也罢。

飞越疯人院

跃下山岗，就望见一座青砖的建筑。

那年六月的末梢上，天水一带气候异常。不是井底里冒黑水，就是青蛙集体过街，像动物世界里的起义军。夜里的天象也奇崛。星星们挂在一张沉闷的蛛网上，一步三叹。借上一辆自行车，我和一帮多血质的青年准备去郊外，去探视一下疯人院里的动静。

谁都知道，疯人院里的宝贝们，揣着一颗敏锐的心，也有出世的看法。

郊外的麦子青黄了，灌浆已毕，给起伏的山峦泼上了一层油漆。歇脚时，我们在麦田上朗诵诗歌，打滚摔跤，把理想寄托于远在远方的风中。又扶正一棵棵麦苗，替秋天做了交代。八十年代最后一季的云朵，也含有一种文艺的灌浆气。我们把成列的麦苗，看成一首首刚写下的、成长的诗。

驰越山冈，疯人院像一枚印章，别在地上。

正值放风时。铁丝网里的操场上，一个个病人们身穿条杠的病号服，或在散步，或在吟诵，或在墙根里晒日头。也有一群肌肉发达的，争抢一只鸡毛毽子，腾起一团团尘灰，仿佛按下云头的孙悟空。支好自行车，我们跳过铁丝网前的壕沟，趴在网眼里细看。

此时，病人们也围了过来，叠了罗汉，对我们挤鼻子弄眼的，看着新鲜。我和那个奇崛的世界，只隔了一层薄薄的距离，吹弹可破。

突然，一个病人指着我们，欢快地招呼伙伴们，讶异地喊：

"快来瞧，外头有一帮疯子。"

"一帮疯子！骑着自行车来的，是一帮长头发的疯子哦。"

"戴眼镜的疯子们。"

在劈面而来的讥诮声里，我和这帮多血质的文艺青年们，惶恐地跳上自行车，丢盔卸甲，心跳遍失，骑上了丘陵。

云层低垂，疯人院像一块卵石，滚下了山冈。

春　天

剪羊毛的季节，悄然来了。

草原深处，一座寺庙刚刚砌毕；一只鹰捧着完卵，驰越天庭；一块毡毯将擀完一半；一个黝黑的婴儿才啼出一声。

风起时，一个剪羊毛的季节，落地生根。

——其实，我一直相信，是太阳这个彪形大汉，拎着一把黄金大剪，走过草原。要不，比牛奶还白的羊子，比白昼更亮的羊子，说明什么？风吹斜表情，天空陡峭，鲜花打开。这个醉酒的糙汉子，踉跄奔行，在星宿上买醉，在云朵上长卧不醒。那时，蜂蜜是沉默的，狗也不知所终。

春天了。

终于，他想起剪羊毛的季节到了。

数不清那些秘密的羊子，究竟是从哪一根青草的根部上，悄然挤跳出来，站在这个荒凉人世上的？像晨时的露珠，挂在大地的腰

际。像一片片瓦，在地平线上飞行。经过漫长一季的寒凉和摔打，它们被雪冻伤，被风弹破，被鞭子遗忘。现在，它们是一只只瓷器，蒙了土，覆了尘，漏洞百出，挤满在草原深处，等待探看和修复。

——它们破着、碎着、裂着。在春天，祈望一位热烈的修补匠人，拎来一只黄金大剪，去细查，去慰藉，去剔净身上的疾病和哀痛。

这时，太阳来了。

太阳这个糙汉子，从蛮荒的醉里，一步步醒转，忆起了荒疏的手艺活。他是一个锔伤补心的工匠，一年一回，赶着春季，来到人间。平素的日子，他则站在天上，翻看手里的账册，记录着世上的爱憎与情仇。

剪羊毛的季节到了。

草原上，脚声恳切，经幡猎动。

我知道，我其实也是这么一只羊子，一只携伤具裂的瓷器——日光照我，如照着世上所有的好儿女，带了恩情，去怀想下一季的生动和热烈。

世上的天平

坐在山顶，拍打灰尘。

仅仅是路经。翻过天山时，一场起自巴音布鲁克草原上的大雾，散了。散也就散了，不过是一阵蜂蜜和流奶的风。从远处来，又回到了远处，像一个人走掉，再就没了消息。却突然间，云塌陷，天敞开，一个广阔的世界大得无边无际，竖在眼前。人的心，也就断成了游移的悬崖。

鹰若标本,挂在太阳上,一动未动。

这么空荡荡的人世,荒凉到了惆怅,不置一字,也没了那种水滴石穿的一粒粒声响。这时,便需要拍拍衣服,抖落灰尘。

拍打灰尘。

——在山脊上,手一抬,其实只听见了自己的空洞。接着,乃是人世上的一粒回声,弹滚而来。"拍—打"这个动词,仿佛一个人的乳名,荒疏了许久,现在才被唤醒,跟着前世的脚踪,嗅闻而至。

人的心,其实也是一捧灰尘,一丸泥,在宽阔明亮的人世上浮游。拍一打,只那么随意的几巴掌,心的空洞便毕露无遗。

据说,这荒凉的世上,最早是有一架天平的,用来称一称心的重量,再去分配每个人的来路。埃及人这么想过,中国人也这么想过,黑人与白人、富人和穷人,也都如此作想,猜着末路上的歧途和光阴。

于是,在上秤前,拍一打,便成了宗教的源初,是一种信仰的举念。让心轻下来,再轻下来。比一片羽毛更薄,比天堂还轻。

但现在,人的心都实了,充耳不闻。那一架世上的老天平,也脚声杳然。

破　碎

再没有比这个词,更残酷的理由了。

"破",其实是一种声音,挣扎地张开嘴,攥出心,念出这个字的

咒语——风起兮,让这个空荡荡的人世一下子警惕起来,抵住嗓子眼,破、破、破地发音。破的时刻,云裂,地坼,日头西沉,暗鸟惊飞。

一个人的姿势,也就出现了漏洞。

"碎",则是一捆明亮的荆棘,掉下来。将这个人的影子,钉在地上,去继续他世上的伤心与怀想。

破碎:一旦碎到了破的地步,即使一尊神佛,也再不会破矣。

叶舟,作家,现居兰州。主要著作有《大敦煌》、《边疆诗》等。

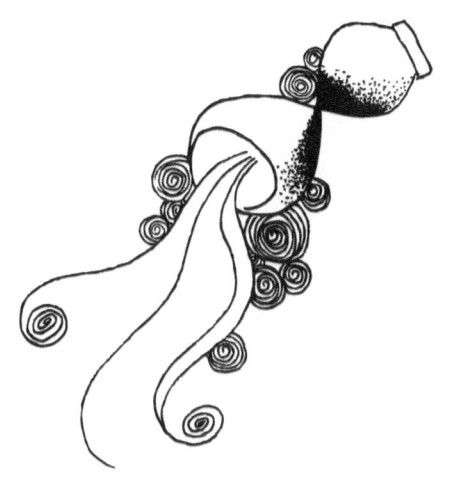

病房纪事

林那北

三　床

整个神经病区的人都知道躺在三号病床上的那个女人，不是因为她长相，她的长相事实上病区里没有一个人知道，因为看上去她已经没有长相了——所有的五官都没有在原来的位置上，双眼鼓出，鼻子歪斜，嘴噘起，牙齿从里头往外嚣张地探出，好像是被塌陷下去的两腮生生挤出来的。一个五官变形的人，通常也看不出实际年纪，不过护工说她应该有四十三四岁了。

护工是一个来自郊县的年轻女人，爱笑，不笑的时候嘴角往上扯起，看上去也像在笑。但她不太爱说话，背也有点驼，走路做事永远不紧不急，几乎呈现慢吞吞的状态。其他的事，比如喂食喂药，或者眼盯着吊瓶查看点滴的节奏速度，她都跟别人没有区别，定时定

量遵医嘱，特别的是，每次给病人换衣服或者擦洗身子、清尿清屎，她都会把布帘拉上。这一间病房是监护室，五张床，男女混住着病情较重的四个病人，每个病床之间都安着布帘，但其他人却从没动手将其拉上。都这样子了，这样子是指人的一切正常状态都面目全非了，依附在正常思维上的荣辱羞臊也荡然无存，人无非是人，肉无非是肉，概念非常单一。在这一点上，病人、病人家属和护工之间基本上已经达成默契：命尚且朝不保夕，有精力应该用在与死神对抗上而非与世俗。

从早到晚的大部分时间里，三床病人都不倦地一声接一声嚎叫，是那种既像委屈又像撒娇更像恼怒的嚎叫，拖腔拖调，响亮悠长，绕梁几圈。除了确实已经沉沉入睡，大家发现，三床病人能够安静下来，只有在护工为她清尿清屎的时候。每一次拉上布帘之后，好像那帘子是个塞子，一下子堵紧了三床的嘴。那几分钟里，里头的内容都被遮蔽了，只看得见那块嫩绿色的帘子一拱一拱地蠕动，护工的双脚从底下露出来，她在里头忙这忙那，忙过几分钟，端一盆水出来，拉开布帘，骇人的嚎叫就紧跟着她脚步一声紧似一声地从里头传出。

有人问，她为什么这么叫呢？是不是很痛？

护工笑笑，说，她没有意识了，什么都不懂。

这样的解释似乎并不能说得通。回头看看床上的人，她鼓起的眼空洞地望着天花板，身子拧麻花一样往左边扭去，两手端在胸口上，十指全都紧张地抠到一起，抠成卤鸡爪的形状，完全变形失控。而那双脚，也只剩下脚形了，一块块骨头清晰地从几乎透明的皮下有棱有角地隆起，肉几乎全无。如果有人继续往下问，护工会把自己所知的细细说出来,她会告诉对方,三床病人是被汽车撞的。怎么撞成这样?因为那天是骑电动车,一辆卡车从旁经过,只是轻轻一刮,电动车就霎时飞出,车倒人伤。是头先着地的,其实并没多少血流出,甚至几乎不见伤口,因为浓密的头发把伤口覆盖住了。刚进医院时据说人还是清醒的,眼睛能一眨一眨的,随时准备开口说话似的,慢慢的竟拐了个弯,往越来越糟的方向滑去,任谁也阻挡不了。护工说已经两年多过去了,不过她接手护理也才四五个月,所以车祸的具体情形,并不是了解太多。卡车司机以及保险公司才赔了二十几万,可是这两年多下来,已经花去一百多万元了,都是三床病人的老公付的钱,这些,她也只是听来的,是否确切?无法知道。

大家的好奇于是就来了,因为三床的老公没几个人看到过,都是匆匆地来,坐都没坐下,又匆匆地走了。护工替这个男人找了个理由:要去挣钱,不挣哪有钱看病?这话倒是都把大家说服了。三床躺在那里,已经失去作为妻子的全部能力,她老公就是人没怎么来,至少钱来了。一百多万可不是小数字,很多时候人往往会输给钱。至于一百多万能不能代替感情,那又另当别论了。从三床溃不成军的眉眼鼻唇来辨析,即使把所有五官都扶正归位了,似乎也未必貌若天仙,所以相比较而言,她的老公还是有可圈可点之处的。

奇怪的倒是她的子女也不常来。三床有一儿一女,都成年了,儿子一直未出现,女儿则大约十几天会出现一次,来了就默默站在床边,歪着头看母亲,很茫然的样子。如果护工恰好在给三床喂食,女儿动了动,似乎有帮忙的打算,又无从下手,最终还是退开

去。想必这样扭曲地躺着、已经瘦如木柴的母亲是她陌生的,她脑中关于母亲的概念还是从前那个可以让她撒娇、耍脾气的正常模样,现在变了,虽已经变了两年多,她还是不能适应,或者不想适应。

医院的环境忍不住会让人难受憋闷,悲凉和恐惧夹在消毒水丝丝缕缕的气味中无孔不入地笼罩下来。神经病区的情况当然更特别,病人大都不能站或不能走或不能说或不能笑,毛病都出在脑部,彼此就失去交流的能力与兴趣。但病人家属却能,插空他们会悄悄议论到三床,都觉得既然两年多都没法救,那么就是二十年也未必有奇迹出现。这时候心里的天平不知不觉间就往三床老公那边倾去,想那男人为没有希望的未来苦挣苦熬着,这一辈子也毁得差不多了。对于三床,大家同情当然有,但说白了,还是有讨厌的。她老是那么声嘶力竭地长嚷短叫,虽然是个病,却让同病房甚至同病区的其他人不得安宁。忍一天可以,日复一日,就忍无可忍了。同情心这东西谁都知道其实是很脆弱的。人之初性本善,但那得因为你更弱更短更惨,除此以外,还有一个前提,就是你必须不烦人,一旦烦了,很抱歉,所谓的仁慈多少就会从人心里抽身而去。

三床所靠的那面墙上嵌着面大玻璃,玻璃那一头就是护士值班室。护士头上的帽子两头翘起,像一截屋檐,像一只大白鸽停在那里。她们身上褂子也是白的,腰间微微一束,竟有着连衣裙般的美观。玻璃墙根本阻隔不了三床嘹亮的嚷叫声,但一个个护士好像耳朵都装有自动屏蔽系统,她们低头做事或者彼此交谈,谈着谈着,淡淡笑起,一点都不为三床所扰。三床还要扰多久,其实连这些护士也一无所知,或者说也无能为力。

加　床

　　如果所有病房的床位都满了，病人再来，非来这家医院不可，通常会在走廊上加一张床。病人在医院，跟囚犯在牢里有异曲同工之处，就是名字很少使用，取而代之的是床号，比如护士喊：三床，拿药！五床，药单！加出来的病床，自然就简单喊成"加床"了。

　　国庆过后不久，架在走廊上的那张床上多出来的人，让病区里所有人都心里一愣。是个女孩，非常年轻，还非常漂亮：皮肤剔透，五官精致。印象中只有老年人才会出神经性问题，中风，脑瘫，或者其他什么。几十年生活波折起落之后，脑子倦了，脆了，不堪一击了。而处在青春期，脑中的一切，还都如初春的禾苗，绿油油地旺盛蓬勃，迎风招展。

　　但那个女孩子明明就被瘫在那里，瘫在生死线上，瘫在大家眼皮底下。她病得可不轻啊，头后仰，脖子弓起，身子抽搐，双手蜷曲，而双眼则夸张圆睁着，眼白格外白，白得像一层厚厚的油画颜料抹在那里没有化开。

　　她怎么了？怎么这样了？大家从旁走过时，这个疑问不免一遍遍冒出。但一开始即使停下问了，问也白问，反正无人回答。因为加了床，又在床旁立起一个小屏风，走廊顿时变窄了挤了，但没有人抱怨。一天过去，两天过去，大家看到女孩上了氧气，通了血压监测机，还被插了导尿管、切开了气管，圆睁的眼睛上则覆盖了两张医用纱布，看上去相当严重。

　　在女孩病床边陪伴的是一个女人两个男人，男人一个中年一个

青年,他们的身份可以猜出:父亲与男朋友。而那个女的,翻来覆去猜几回,都没有准确答案。姐姐?略显大;母亲?又实在显太小。后来有一则轶事在病区里很火爆地传开,说医生要跟家属谈加床的病情,那个女的就一摇一摆地去了。医生抬头一看,呵斥道:叫你们家长来!那女的说,我就是家长。家长?你是她谁?妈妈。你是她……妈?!医生一口气差点噎在那里。

加床的母亲看上去真的太年轻了,娇小玲珑,长发披肩,装扮入时,这还不是重要的,重要的是她举手投足的神情姿态。人最先老去的其实并非一张皮,皮松了拉一拉如今也不算太难,但眉眼间那么多沧桑与倦怠堆积着,就是再高科技的整容术也回天无力。这个加床的母亲,她没有沧桑感,她走路时有蹦跳感,说话时有妩媚气,做事时有稚嫩性,不是装的,很自然,非常自然,远远看去活脱脱就是一个少女的模样。有一种很简洁的说法:她浑身上下没有一点母态。

后来熟了,大家最急于知道的无非两样:一,你究竟几岁了?二,你女儿到底是什么病?

1964年出生,她一点不忌讳就脱口而出了,然后歪着头,单纯地看着你。算一下,居然是四十来岁了,不像,一点都不像。但女儿已经二十多岁,又必须有这个岁数。她马上说,不仅一个女儿,还有小的一个,也二十岁了,正上大学,艺术系的,学舞蹈。听的人在心里噢了一声,眼光掠过她细长的脖子和扁平紧实的小腹,都有了"原来如此"的感慨。估计她也是跳舞的吧?她头大摇,说不是不是,她没有工作,家庭妇女,连书都只读到初中毕业哩。平时在家干什么?没事干,就是打麻将,天天打到半夜三更。另外,她也不是城里人,是一个偏远小镇上的居民,而自己的娘家则在乡下,农村的。

反差太大了。如果不是她一脸无邪的表情，小巧的嘴还可爱地一噘一噘，一派纯净透明样，听的人会把她叙述的内容归为小说。

她说话的时候，她丈夫在旁边不时会插上一两句。老夫少妻吧？其实也不是。丈夫只比她大四岁，模样周正帅气，却已经现出几分中年人的暮气。丈夫外表与年纪是同步的，只是她在某个阶段突然停滞住了，像体内的哪个开关没来由地被人闭上了，两人站在一起于是才显出参差。

一个意识不清的危重病人，是有许多事情需要别人操劳的，打点滴药液的快慢，血压心跳正常与否，喂药、排便、换尿袋、翻身、拍背、清洗身子，等等等等。这些活，百分之九十五是由加床的父亲承担起来。一个大男人，俯身做这些事时，非常小心细致，而且表情专注。感觉他时时在忙，他是这场与病魔战斗的第一统帅。而他的妻子，不过打打下手而已，转个身已经到外面跟人聊天或者在病床边的折叠椅上酣然睡着了。这时，这个男人会揪过一件衣服，轻轻搭在妻子肚子上，神情与动作都很慈爱，仿佛那也是他的一个女儿。

原来加床母亲的年轻态是被丈夫宠出来的啊，大家这么想。

至于加床的病，大家也慢慢知道了大概。加床是大学毕业生，而她男朋友仅高中毕业，两人是邻居，很小时就好上了。加床父母原先都不同意这门亲事，却拗不过女儿的痴情，只好由着她去了。那个男孩子随两个哥哥在上海做点小生意，加床也跟去，两人同居了，打了结婚证了，只差办个酒席了。加床的母亲说，我女儿好好的跟他走的，结果成了这样。什么原因导致的呢？居然没原因，找不出原因。加床去上海后也找到工作，在一家公司做文秘。那天晚上公司的人一起吃饭喝酒，席间加床觉得头疼，就先走了，在酒店外还

打个电话,让男朋友来接。男朋友靠按揭新买了一部东风标致车,也有驾照,就开来了。回到住处,加床洗漱正常,然后倒头去睡。睡到第二天,还往老家打过电话,电话是父亲接的。她跟父亲说头很痛。父亲最多想到她可能感冒了,劝她吃点药。结果不是感冒,加床很快就昏迷过去,人事不省。父亲吓坏了,冲到上海,把她接回。好端端的人怎么说倒就倒下了,倒得这么蹊跷?邻居中有人出馊主意,说可能被鬼魂缠上了。于是做迷信,请神婆。折腾了几日,一点好转都没有,这才从镇上送到城里,一查,是病毒性脑炎。再拖延几天,命就没了。

加床母亲每说到这里,头都一甩一甩的。她的头发是拉直过的,一层一层碎碎地剪出来,非常有垂悬感,头一动,头发就跟着动,这使得她的自责都不免透着几分孩子气。她说,神婆是我去请的,我老公本来不肯,但我要做迷信,他也没办法。唉,我没文化嘛,信这个。说到这里她声音蓦地低下去,眼看地上,像做检讨的小学生。

加床的男朋友那些日子一直陪在病床旁,长得挺清爽洁净的一个小伙子,甚至有几分书卷气。有人就夸起这个年轻人,觉得他也挺不容易,守住病房,上海那边的生意放下了,也算是至诚至情。加床母亲这时嘴一撇,弄出一个不以为然的表情。过后她会跟人说,什么呀,抠死了!我女儿已经是他老婆了,可是这次住院治病,已经花十几万块了,他出了多少钱?总共给了五千块!还有他妈妈,只来过一次探望,来了还站得远远的,怕传染似的。哪有这样的家庭!她是你们家的媳妇啊!气死了。

这股怨气加床的母亲有时也憋不住直接就在病床边发作出来,小伙子听了,倒没吭声,低着头,嘴角还挂着几分掩饰性的笑意。加床昏迷时也没反应，后来她醒过来，人还不能动弹不能言语，却听懂母亲的话，居然一下子就生气了，嘴里发出啾啾的吼叫。凶完母亲，加床的脸就转向男朋友，她一直看着小伙子，眼神似还不能完全聚焦，但目光都在他脸上，他走哪里眼光跟到哪里。

加床母亲就有新的抱怨，她说这个女儿真是没心肝啊！话未完，嘴巴扁了，泪差点落下。

连她的丈夫后来也有微词了，他也没想到女儿这样。按他说，自己本来是做建筑的，也能挣钱，女儿病倒后，他已经两三个月不接业务了，家里积蓄一堆堆往外拿，还做好了拿光积蓄后再把家中三层楼高的房子一层层卖掉的打算，结果人家醒过来，却只认男朋友！

气归气，毕竟是自己的女儿，加床的父亲每天还是那么操劳，而母亲，不时会鸟儿似的突然飞进旁边哪间病房，喜滋滋地跟人说，我女儿今天手会往上举起一点点了！或者说，我女儿今天拔掉气管，开始喂她吃饭了！

加床的神志越来越清醒过来了，能发出一两句单音，偶尔也会对人浅笑。有天护士给她换完药，俯身说了一句：你很幸运，有这么了不起的父母！

加床怔了一会儿，眼睛眨几下，就湿了，泪慢慢溢上来，往两侧流去。

六　床

关于六床，并没打算多说，却是一定要说的，因为六床很特别。

六床住院七八年，已经年近九十，跟挖太行王屋两座大山的愚公差不了太多。愚公还挥得动锄头，还能领着子子孙孙每天挖山不止，六床却不能。走进病房时，若不留神，根本不会看到六床上还有人，他太瘦了，一把干枯的骨头像一张薄纸似的紧贴床上，与被子融为一体。大多时间六床都在睡觉，如果醒着，见有人进来，他会选择性地发出声音，噢噢噢地叫，噪音尖细短促，像某种动物发出的。

所谓的"选择性"指什么呢？说了别不信，是指男人还是女人、是年轻的女人还是年老的女人。六床早已痴呆了，早已凡事浑浊了，单单能辨认的，竟是女性年轻美丽的容颜。小护士吃吃吃笑着说，我们一进病房他就来劲了。不仅来精神，荒唐的事在后头：有时候他会突然把裤子往下一拉，一边拉一边盯着人家嬉笑起来。快九十岁了，痴呆多年了，四肢僵硬了，意识不清了，单单某种本能却残存着。做是做不了什么，不过是潜意识里零星藏有一点意淫的快乐——抱歉，真让人不忍细说。

但小护士并不介意，真要跟病人介意她们就不要活了。如果手头不太忙，她们还会说起六床的其他故事，比如谁来打针他高兴，谁来打点滴他乐意，诸如此类。六床住院久了，病情已很稳定，基本上有在此安度晚年的意思，所以他的家属并不常来，雇了一个四川护工，护工挺能说会道，却又热爱打牌赌小钱。中午或晚上，几个老乡聚到楼梯口或者楼底下围成一圈，全情投入大战一番。这时候，六床就只能一人独自在床。他两腿间上了尿不湿，两手则用布条捆在床两旁的护栏上，这样，他就不会把床单弄脏，也避免了从床上滚落下来的危险。

六床肯定不喜欢这样的处置方式，他仰面朝天，啊啊啊地哼个不停,凹陷的眼窝、干瘪的两腮以及没有一颗牙的大嘴似一个个小洞,幽幽豁着,阴森可怖。

护士说,别小看他,从前他可是一名非常厉害的警官啊,立过功,当过英雄,名声很大,所以才有资格在这里养着。

没有人打算小看他,到了这个份上其实别人怎么看于他都无关紧要了。这个病区因为有他枯枝败叶般横躺在那里,陡然就有股特别的气息弥漫开来,这股气息有时让人窒息,有时又让人哑然失笑。

不祝他长寿,只祝他余生能活得自在,没有痛苦。

九　床

九床已经昏睡了三个多月,气管被切开,插上管,吸痰和喂食都依靠那根管和那个孔。因为一直躺着,肺有感染,痰非常多,咳起来气管像拉风箱,吱咕吱咕地尖利地鸣响,相当吓人。但吸吸痰,马上就安静下去了,安静得一点声息都没有。

安静时五十一岁的九床紧闭双眼,头微微弓起,往一旁歪去。守在病床边的是两个女人,一个是妻子,一个是妹妹。刚开始很难弄清谁是妻谁是妹妹。消瘦一点的那个,挽着袖子麻利地为九床翻身拍背吸痰喂食,以及倒尿擦身;而稍微矮胖的另一个,总是客客气气地站在旁边,递去这个接过那个,消瘦一点的那个吩咐一声,她做一下,不吩咐她就什么都不知怎么做。空闲下来时,消瘦一点的那个对别人说,这是我嫂嫂。又指指病床说,这是我哥哥。好像怕人不理解,她进一步解释说,我嫂嫂不认字,不会讲普通话,所以我妈

妈逼我来照顾我哥哥,我这个做妹妹的只好来了。她是个表达能力相当好的人,五官也长得醒目,脸蛋是目前全球都流行的那种"巴掌脸",很小很精致,却已经年老色衰了,而且也不修饰,衣服松松垮垮地罩着,好几天都没有换洗过的迹象。按医院的规定,每张病床每晚可花两元钱租一张小折叠椅,再花两元钱多租一张却不行,因为病房小,放不下。九床的妻子和妹妹就面临着只有一个人晚上能够有折叠椅可睡,这个人一直都是妹妹。妻子本来也可以到外面住宾馆,但宾馆要钱,她舍不得,就抱了一张草席,铺在病床的底下。地面不是木板的,是水泥,直接躺在上面一天天睡下去,是要得病的,但九床的妻子不在乎,似乎也不太懂那个理。

病倒之前九床是郊县一个乡镇的小学教师,"文革"后考上师范的,从教二十多年,几乎就没病过,在一天夜里没来由突然就病倒了,病成这样。他与妻子结婚应是在上师范之前,很多当年的"老三届生"命运都类似。因为要搞一场挂有"文化"之名的运动,他们却失去上学学文化的机会,许多曾有万丈雄心的人,远远望着紧闭的大学校门,怎么悲鸣哀叹都没用。个人命运从来都是单薄无力的,比秋风中的落叶还孤独无奈。只好回到田里,只好闭眼草草与一女人成亲。以为终其一生不过如此了,竟又恢复高考。考上了之后,亲情、道德、良心等等都已经牢牢将其铐上了,总之甩掉身后的家庭比登天还难,就苟且着吧,万千的痛都隐在深处。当然,这说的不一定就是九床,难保九床也有自己很受用的状态。他的妻子不识字不会讲普通话,甚至从姿色上说,也属于最乏善可陈的那种。不过男人娶妻,也有不图其他,唯求一个贤良的标准,而至少从外观上看,九床的这个妻子是贤良到极致了。除了舍不得花钱住宾馆,她还舍不得多吃饭吃菜,衣服就更不用说了。天气转凉,邻床一位病友的家属看她穿得单薄,缩着身子微微打颤,就回家拿来旧毛衣,她感恩戴德一番道谢,转个身立即穿到身上,一穿一个季节。

　　按九床的妹妹说,她哥哥有医保,但花掉十一万块后,医保就截止了,不肯再付。这好像是土政策,其他地方的医保似乎没有类似的规定。反正接下去九床所医所治得自己出钱了。钱出得很多,每天挂瓶、打针、特级护理等等加在一起至少都要上千元,如果再要进行康复训练,还得再花几十元。康复师也来训练了几次,不过推推腿揉揉手而已,似乎也不太难,妹妹站在一旁很用心看几次,就自己动手,每天上午下午各操练一次。整个过程她哥哥一如既往闭着眼,反正任其摆布,脑袋随着妹妹的动作无助地晃来晃去。

　　九床有三个儿子,大的本来面临结婚,谁知本来打算出钱操办婚礼的父亲却病倒,所有的钱都成了医药费,还得源源不断地到处借钱,因此背下一大堆债。大家不免猜测,这可能是大儿子一直没露面的主要原因。病区里谁也没见过九床的大儿子。

　　二儿子在深圳打工,据说所挣的工资连自己衣食住行都勉为其难。

　　小儿子正在读大学,只要有假期,哪怕五一、国庆七天假,他也会从三百多公里外的另一个城市赶来,顶上姑姑的缺。小儿子戴着一副黑边眼镜,面色忧郁,但温文尔雅,客气礼貌,护理上也很用心,连导尿袋满了,也是他动手去接出倒掉,脏臭都不在乎。闲下来,则坐一旁,佝着身子,捧书静读。周围的病友家属就感叹,说这样的孩子现在真是太少了,这么孝顺懂事。他听了,笑笑,继续看书。他一来,九床的妹妹就要回家歇几天,她也是有家的人,家里有女儿有丈

夫,本来也还有工作,在乡办企业里一个月也能挣一千多元,已经都放弃了,不能连偶尔回去一下的机会都没有。

九床还有三个兄弟,他是老二,下面一个弟弟办工厂,有点资金,也有些社会关系,都是这个弟弟在不遗余力地跑医保跑医疗救治。另有一个兄长在外地工作,一两个月就会坐火车大包小包地赶来,一来就嗓子奇大地骂人,主要是骂妹妹,骂她给九床揉手推腿拍背的次数不够,就自己动了手,将九床侧过身,以一股擂石敲山的巨劲,噼噼啪啪地拍打下去,声音惊心动魄。妹妹苦着脸悄悄跟别人说,我哥哥会被打死的。但动手打的人也是她哥哥,真的没办法,她说什么都不是。这时候如果九床的妻子能出面劝劝就好了,毕竟人家是夫妻,谁怎么待她丈夫,她有发言权。可是她哪里敢说? 千里迢迢坐火车赶来的这个兄长更没把她看在眼里,她一直低眉顺眼战战兢兢地站在一旁,双掌捏在一起,愁肠百结,忧心忡忡,却一句阻拦的话都没胆量说。

兄长是小职员,也没有奢侈的资本。关于宾馆,也根本不在他考虑之列。入夜了,兄长哪儿也不去,索性就坐在病床边,头靠墙上小睡片刻。那哪是睡? 眼才闭上,又马上睁开,又把九床往左或往右侧起,叭叭叭拍起背来。或者把被子撩起,将九床木棍似的细腿抓在手里,揉面般上下使劲。他绝不单独行事,如果单单他一人动手的话,他可能会觉得自己吃了大亏,所以就把那两个女人也一并叫起,整夜山呼海啸鸡犬不宁。这就影响到了邻床,都是病人,怎么就不懂得照顾一下别人? 兄长一听有人提意见,火噌地一下就烧大了,他甚至涨红脸,中指火辣辣往前送,直送到人家鼻子底下。这事反映到病区主任那里,兄长冷静下来后也知道自己理亏,就找了借口,说单位请假时间到了,得回去上班。他走后,妹妹有一种压在身上的大山被移走的愉悦,松了一口气,可能还有点忿忿,偷偷跟人说,这次兄长来其实身上带了三千块钱,但是兄长的老婆并不赞同帮衬这笔钱,千叮万嘱说,先看看,一定要先看看,如果那边还有钱住院,就把钱带回去。那几天九床的弟弟恰好刚刚帮着借到一笔钱打进医院的账上,所以药费还能对付,兄长一看,果然就遵老婆指示把钱又带回去了。

妹妹长吁短叹为钱发愁,她说如果哥哥再不醒,就没处借到钱了。别人心想,这么大笔大笔地借着钱,即使能醒,又怎么还得清呢?妹妹倒是自信,她说只要我哥哥能醒就没关系。这话听起来当然很不解,却也没法细究下去。一天一天的,其他病人渐渐都有好转的迹象,九床却原封不动,好像拧着股劲,执拗地要跟谁过不去似的,一点都没有醒过来的苗头。医生挺头疼的,有点无能为力了,劝他们转到康复医院去。妹妹一听,马上说不行不行,他还没醒过来怎么康复?康复又有什么意义?

从医院劝他们走开始,妹妹对这家医院的医术就产生了深刻怀疑,有一天她消失了好一会,回来时手里提着一大把草药,说是一个草药铺的土医生开的。土医生连病人面都没见过就敢开药?但妹妹是信的,九床的妻子肯定也信,她反正没主意,一切都听妹妹的。于是九床所在的那间病房每天就有浓郁的中药味飘开。医生可能也知道他们自行用药,但睁一只眼闭一只眼,没有谁过来干涉一下。

同一病区的病人家属在浓郁的中药味笼罩下皱着眉头觉得不可思议,又不好多说什么。好歹人家是为了九床好,动机是感人的。九床病成那样,却有这么不弃不舍的妻子和妹妹,也算不幸中的万

幸了。

但是有一天得到个消息：到医院看护，妹妹不是无偿的，除了包吃之外，每个月还有一千元的工钱，这个收入比她在乡镇企业里的收入还略高一点。

另一个消息意味深长：九床以前除了教书，还承包鱼塘养鱼养虾，养了十几年，赚下七八十万，可是这个钱究竟藏在哪儿谁也不知道，连妻子他也只言片语没透露过。是借人了还是贷款了？借了谁贷了谁？借了多少贷了多少？他突然病倒，片刻之间人事不知，这就成了一个巨大的秘密。一切都得等到他醒来才会有答案，所以九床必须醒来，必须开口，周围所有的人都在焦虑地等待这个答案！

十二床

三十一岁的十二床病情与九床类似，甚至连发病的突然性也差不多：白天好好的，还开车带妻子去看病，傍晚在家喝点啤酒，喝到一半，头疼得开裂，然后蓦然倒地。从那时到现在，九个多月过去，他一直昏迷着。不同的是，他的昏迷还跨越了一个巨大的空间：在芝加哥倒下，包机送到上海，又从上海花八千块钱租部救护车送回这座城市。医院的等级似乎一点点下降，他父亲甚至已经动了再往下降的准备，就是将他接回老家的村子里，听任命运对他做最后的判决。

几个护工凑在一起议论说，神经病区长得最漂亮的病人就是十二床了，首先他很白净，另外他个子很高，再者鼻子很挺，等等。十二床闭着眼睛,脸色纸一般苍白,所以漂亮与否实在不太好下结论,但他个头确实很高,规格统一的病床别人摊手摊脚地躺着,尾部还有剩余的空间,他却没有,变形的脚趾头硬邦邦地前伸着,已经将床尾的铁架子局促地抵住。

关于十二床的点点滴滴,别人都所知不多,越不多越有好奇。在走廊、在盥洗室,总有人会向他的护工发问,护工说他只知道十二床全家都在美国,国内已经没有亲人。再问下去,护工就摇头。他只是被雇来照顾的,据说价钱挺高,高到什么地步?护工嘴一抿头一歪突然不说了。同行间就有了妒嫉,不时对他轧一下挤一下的。那护工脾气挺好,并不介意,每天都高高兴兴地做事,显见比别人都更花力气。

春节后十二床的父亲出现了。高个,这与十二床相似;黝黑,这与十二床相反。他姓何,大家称他老何。乍一看老何不像好接近的人,这个印象来自于他身份,更来自他的胡子:浓密、杂乱、邋遢。通常只有艺术家才有留乱七八糟胡子的兴趣,但老何穿着简单,每天运动衣牛仔裤运动鞋,而且身体松松垮垮,见椅子就一屁股坐,若是站着,也必定挨近什么建筑材料,墙或门框都是他身体的支撑物。人的肢体也是有语言的,而且这种语言特别真实可靠,实在丝毫难见被艺术雕凿浸染出来的那股特殊气味。

大家跟他保持了很长一段时间的距离,远远地眺望打量。老何也一样,他每天懒懒散散地来医院,在病床旁坐一会,什么事都不做,话也少说,然后好像完成任务了,站起走掉。

看上去老何心情不好,很不好。他的不好大家能理解,又有点不太理解,感觉里头有一点点对焦不准似的。

　　有一天老何还是开口说话了，他说是因为有人问。有太多好奇了，总之这个不问那个也问。老何好像也憋得挺久了，话就在嘴唇边，人家一问，他一点犹豫都没有，马上就倒出来。

　　他的经历其实很简单：到美国差不多快二十年了，偷渡去的。在那干什么？打工呗，还能干什么。买房子了吗？哪里能买得起，都是租！有自己的店吗？没有，还没有。老何喜欢短句，一问一答间眼神就有点零乱了，但语气没有起伏，不像在说话，倒像在叹气。也没见他有多少动作，大部分时间双手都慵懒地插在运动衣的口袋里，眼望着对面的墙壁，偶尔才会瞥一眼问话的人。

　　"不过，他有间店，中餐馆。"老何突然指着病床上的儿子说。大家噢了一声，有点意外。理论上在美华人应该还是富裕的，这是大多数人下意识的感觉，不富，那么千辛万苦千里迢迢跑去干嘛？不过具体落实到十二床的身上，还是有点错位。错在哪里？十二床是病人，没有神智、无法行动、身子变形，他是弱者，是被同情被可怜的对象，而美国的店老板则是需要仰望羡慕的。但老何的话还没说完，老何站在门口，将身子松松地倚地门框上，对站在走廊上的众人说：前一阵那家中餐馆卖掉了，卖了十二万美元，眨眼间，这钱就被医药费全部吞掉了。

　　老何又说，真的都没了。现在是各个亲戚借的。

　　全场无声了很久，隐约听到有人嗞嗞吸了口冷气。十二床霎时又还原成一个普通病人，他无店，无钱，病愈也遥遥无望，投向他的眼光重新有了许多怜惜。此时恰好一个护士提着输液瓶经过，护士也听到老何的话了，脸一侧，瞥过一眼，那一眼悲悯与意外夹杂混淆。

据说在美国生病本来是有福利的,但人家也不是敞着钱包任住任吃。十二床刚病倒的那夜,急救车送他去的不过是家很差的小医院,治来治去治不出效果。家人就急了,想转大医院,人家不收。所以包机回国,回上海。那时是一门心思要把他命夺回的,所以破釜沉舟。如果早知不能治……唉!老何的眼神在这时变得复杂起来。

十二床住院后,一对花朵般的女儿出现过几次,都不到十岁,白白净净的相当漂亮,来了就安安静静地看着床上的父亲,不哭不闹不说话。女儿是由外婆带来的,一手牵一个,瘦小的外婆,黝黑的外婆,从病房外走廊铿铿地迈动脚步,感觉她是架马达,用劲地将两边的小美女牵动,又仿佛是只大鸟,正张大翅膀,那翅膀上挂着一对仙女似的小女孩。外婆的女儿、小女孩的母亲呢?问号很自然就冒上来了。

老何把身子拉直,直了不过半秒,马上又倚到另一侧门框上了,用一只脚撑着,另一只脚别在前边。老何说,他老婆在美国。

为什么不回来看他呢?

还没有身份呀,回来就再也出不去了。

老婆打工吗?

打。

该去打,挣了钱就能拿回来治病了。

拿回来?她自己能养活就好了。她身体不好,经常生病。

老何舔舔嘴唇,突然生出一些忌讳。老何不说了,他又把身子往上拉了拉,打算返身回病房里。看老何的脸色,他似乎后悔讲太多话了。许多人遇到难处时喜欢掏心事,急匆匆地指望别人分担,老何不是,老何一直沉默地独自抵挡着无措。接下去老何很可能再

也不开口，嘴快的人急忙问：那你儿子是哪一年去美国的？

老何头也不回地答：九八年。

怎么去的？

假结婚。

站在门外的人互相看一眼，脚忍不住就跟着老何往里走了。大家围着十二床站定，静静地看他。十二床弓着脖子仰脸朝天，眼空洞地睁着，没看任何人又像在看每一个人，脖子咕噜咕噜地发出一串声响。这样的状态确实很难让人对他的前景有乐观指望，但大家不敢说出来。十二床从病倒至今，不仅把自己十年美国淘的金都败光，还连带让一家人都一穷二白，一切归零，白辛苦一场。但是能不治吗？至亲的人毕竟谁也狠不下这个心。接下去呢？钱没了，痊愈又渺茫无期，老何的心看来已经开始狠了。有人便问道老何是不是真要把十二接回老家去？老何点头。不治了？老何扯扯嘴说，还有什么好治？能治早治好了。

老何这次回来仅呆两三个月，过后他要再赴美国。走时他不是孤身一个人，得把那两个花朵似的小女孩一并带上。小女孩是在美国出生，有美国籍，该去上学了。也就是说都走了，国内不再有亲人。十二床如果接回老家，家中没有至亲的人，只能靠护工照料，那情形光是猜一猜，便知是怎样结果了。有人就劝老何，说无论如何医院还是好的，不说治好，至少有抢救的能力。回家去，家在乡下，万一出现危险，怎么办？

老何眼一眨说，还能怎么办？死了嘛。

全场都静默了，确实很意外，谁也没想到老何会这么说，而且说得如此平静若无其事，像是说远处的陌生人，像是说一头猪一只羊的最后结局。

　　护工此时正举起十二床的左腿，张弛有度地按摩推拿。那腿白花花的像根巨藕，只是缺了水分与光泽。因为有人看，护工显然更卖力，并且尽量将专业水准展示出来，多少有炫技的成分。

　　其实一定要说专业，这个病区的护工没有一个敢自夸。他们中四川与江西人居多，同一个村子的只要来一个，接下去就会带来一串，彼此七亲八姨的大多有关连，一般来几天，看几次，就能依样画葫芦忙开了。只有十二床的这个护工是个例外，他原先在上海护理十二床，很得十二床家属满意，就随救护车一路跟来了，到这里形单影孤，职业能力一直被同行故意质疑，所以这会儿就格外用力表现，都快有表演感了。

　　幸亏你们有钱啊！有人感慨道，话里的意思当然也包含着：如果没钱，如果没有多给护工钱，护工就不可能这么卖力伺候了。

　　老何这时候突然也跟出一句感慨，老何说，还是共产党好啊！

　　大家都不免一愣，如此革命的话，我们从小听到大，耳朵早已习惯了，但它突然从偷渡去美国的老何嘴里说出，还是吓一跳，而且惊诧着，摸不着头脑。这时老何重重叹口气，转过身子，指了指对面的病房，摆几下头，再叹口气。大家心里悄然噢了一声，终于明白老何的意思了。对面是个单间病房，独住一个老人，老人八十岁了，每天挂瓶吃药无拘无束——问题的关键就在这里，无拘无束这个词放在别处，最多有自由自在感，在医院，却体现了另一种健康人无法想象的重要意义。

　　连作为美国人的十二床都对医药费无能为力的问题，对面房里三十八床却根本没有此类烦恼，老何指的正是这个。

三十八床

被老何所羡慕的三十八床肥胖，壮硕，满面红光，乍一看都不像是个病人。

但三十八床右边手脚都不能动，舌头不仅僵住了，还一下子肿大了很多，悬在两唇间，不时蠕动几下，所以他基本说不出话来，能说的只是有限的一些单音，啊啊啊的，左手比来比去。

三十八床是去年中风倒下的，曾惊险万状过，病危通知书一封接一封下达。因为最好的药物与护理的及时跟进，他一天天挺了过来。用的药确实很多，公费的自费的，只要有益，都推进去。解放前三十八床是地下党员，还上山打过游击，因此有了离休干部的待遇，按政策，他的医药费绝大部分公家都承担了，每个月都要好几万元啊。年轻时三十八床曾把加工资的机会主动退让掉三次，因为有更困难的同志嘛。那时的情形如今想来真是感慨万端。三十八床的女儿跟他开玩笑，说他一生都那么讲党性有觉悟，现在终于也堕落成了国家蛀虫，每天都在吸着人民的血汗钱。另一个玩笑也开得很离谱，说人家杨振宁八十二岁还能结婚娶新娘，你八十岁就躺在床上动不了，差距太大了。

三十八床听了呵呵笑起，他都明白。

刚病倒那一阵，三十八床有过一阵什么都不明白的日子，两眼翻白，呼吸微弱，任你在床旁怎么叫唤都丝毫没有反应。两个月后人虽醒过来了却又开始暴躁狂乱，用还能动弹的左手左脚蹬踢擂打，几乎要拆散床架，还整天没来由地大喊大叫，"公社！""群众！"

"革命!""社会主义!"诸如此类,喊叫的都是很政治化的词语,而且声若洪钟,气壮山河。自他入院,他的妻子白天黑夜一直在病房守着,问他:我是谁?他说:依妹。依妹不是妻子的名字,妻子的名字他根本不记得了,连人也辨不清。但是以前的老战友老同事刚走到病房门口,他就一下子认出了,啊啊大声叫起,然后猛地抓住人家的手,嘴一下子扁了,老泪跟着就下来了,像个委屈的孩子似的不管不顾地嚎啕大哭,哭得地动山摇。

他妻子目瞪口呆,妻子说,之前从没见他哭过,连关在学习班里批斗时,都以敢跟工宣队的人拍桌子瞪眼睛闻名的啊,真没想到他也会哭。

病情稳定下来后开始做康复训练,比如站立,比如发音,比如认字。三十八床年轻时能说会写,在报刊上还发表过文章,但这时候却像幼儿园刚入学一样,从单字学起。恢复认字非常困难,训练有素的医生充满耐心地一遍遍教,他一遍遍跟读,读完了,也就忘了。

毛主席,这是他最初认出的字。

祖国,他又认出了另一个词。

医生还教他唱歌。中风之前,三十八床是老人合唱团的成员,家中专门配了卡拉OK机,昏晨时刻,动不动就把音量开得极大,然后放肆地、酣畅地、激情澎湃地高声大唱,唱得前后幢居民楼哈哈大笑。三十八床姓林,邻居们边笑边想,原来进合唱团并不是想象的那么难啊,单单一个嗓子好,居然也就够了。例子就在跟前,这个老林,因为满口没有一颗牙,唱歌因此跑调都跑到千里之外了,在合唱团里竟然还是台柱。又想,嗓子好原来也可以把一个人的自信心如此鼓足起来啊,老林把机器音量开得这么大,完全有娱乐四方邻居

的理想，他要是觉得自己歌声不美不动人，肯定不敢这么慷慨大方理直气壮的。三十八床住院后，他的一些邻居去医院探看，说着说着就说到他的歌声。老林啊，你要快快好起来，听不到你唱歌，我们还不习惯哩。

早先家属还存幻想，以为三十八床还有恢复如常的可能，慢慢地知道这不切实际，一步步后退，退到只要他意识清醒能说话会表达就行了。在治疗大半年后，这个愿望侥幸实现了一半。他意识清醒了，但不能表达，只能用手比来划去的。比如晚上七点整，如果病房里电视没开，或者开的是其他频道，他的手就会往前指，指着电视，对护工吱吱呀呀喊叫。护工明白了，他要看中央电视台的新闻联播。病之前这个节目他是雷打不动一定要看的，经过一场生死大劫，生物钟其他齿轮都混乱了，只有这个却分秒不差地留存了下来。真弄不懂他究竟是靠什么掐准时间的，难道还能看得清放在电视机顶上的那台小闹钟？

医生也懂"因材施教"，对三十八床的语言训练于是从唱歌入手。《东方红》，这是三十八床病倒后唱出的第一首歌。第二首是《国歌》，第三首是《国际歌》，第四首是《卖报歌》。都是老歌，老歌以及那些与往昔最生龙活虎岁月紧密相关的老词老朋友老电视节目，都在三十八床的记忆里沉淀得最厚实顽强，因而唤醒得也最容易。三十八床像歌星一样过起了每天有专人教他发音练唱的生活。他女儿在一旁逗他：好好练，争取上春晚！

这些日子他女儿动不动就往医院跑，那本来是她陌生的地方，猛然间却发现世界的缝隙里竟还有一处如此沉重的角落，疼痛、绝望、无奈堆积如山。穿行在病房，不时有种突然闯入一间工厂废旧仓库的感觉，那么多残缺破损朽坏的产品迎面扑来，满目疮痍，忧伤可怖。而每次从医院大门走出，又总忍不住长吁一口气，那一瞬，阳光或灯光都有种久违的感觉。

是的，这人是我，我是三十八床的女儿。

林那北，作家，现居福州。主要著作有小说集《寻找妻子苦菜花》，长篇小说《娥眉》等。

亲戚的时光

陈家桥

大华子

大华子是我的表姐，比我哥哥还要大两至三岁，在儿时的印象中大华子是要比我们大许多，懂事得早。大华子人长得好看，在山村，在安徽西边丘陵那种起起落落的村庄中，她显得有些突出。其实我有一个堂姐叫家莲，人也长得标致，在镇上照相，照片被贴到了橱窗里。而大华子跟家莲不一样，她不声张，她是山里人，她跟住在畈上的家莲不同，她是更畏缩一些的。表姐大华子有一种特殊的本领，这本领是能挨饿，只是她挨饿的本事不像她的姐姐大存子那么大，不过，她已经相当地能够抗饿了。大午子是她家唯一的男孩，大姨父有病，大姨的疼子心态又强，大华子便时常要挨饿，大华子挨饿从不如她姐姐那么彻底，因为实在挨不住，她会啃芋头吃，或者翻山越岭到邻村她认识的庄上，用什么特别的办法找点吃的，比如掰玉米棒什么的，大华子有些聪明，她从不曾饿伤。我记得她那时长得还有些白，这使她从山里下来到畈上时引人注目，很快她就很能代表山里那种朴素的美人。

我记得我们八九岁时到大姨家去，必定是正月初六七的样子，我们在畈上的这些亲戚会结上趟，一起到她家去，因为零散了去，会给她家造成很大的压力，要多次准备伙食，那是相当艰难的。一起去的大人们，我们不太清楚，反正孩子们都能吃到一些特别的东西，比如一种炒糊了的蚕豆，还有炕出来的花生，如果前一年的水好，可能还会有一些冻久了的瓜储存在地窖里。记得最清楚的一次，表姐大华子只在饭桌旁夹起一块肉，被我大姨使劲地骂了。虽然骂得很急，但大华子却并没有翻脸，把肉放回了碗里，那年我八岁，大华子大约十三岁的样子，但那时看也觉得她是大姑娘了。大姨骂了她之后，大华子不吵，也没有哭，她只红了红脸，躲到了厨房去。

吃完饭，大午子偷偷地拉着他姐姐的手，大华子帮大午子弄好衣领，然后我们一行人到山上去。大华子是上山的高手，再陡的石头轻轻就跳过去了，都以为她轻灵，其实她倒是很有些安静的。大华子和大存子，要在每一个细节上让着她们的弟弟，尽管她们会主动这么去做，但我的大姨还是不断地要求大华子、大存子要更加的节俭。在读书方面，大华子最多读到小学三年级，大存子是小学二年级，而大午子一直读到了初中。大华子识的字不多，不过她自己爱看连环画。

她什么农活都会做，手却没有伤着，她们山里稻田少，种的地大多是小麦或者油菜，不然就是豆子。大华子割稻的功夫很好，虽然

她家稻田少,让她实战的机会不多,但大华子比畈上人割稻的水平都要高。所以每逢盛夏畈上搞双抢,割早稻季节最忙的时候,大华子都要从山上下来,和大存子一起,为我的舅舅,也是她们的舅舅家割稻。大华子戴一顶她自己在山里的街上买的草帽,我记得那草帽的边沿儿多一条滚边,虽然也是草扎的,但在阳光下会发光。我们也到舅舅家去,不过我们只是拎拎扬叉之类的。在田埂上,我时常看见大华子站在那儿喝茶,她是抢着茶壶,一次喝许多,她割稻快,比一个壮劳力还快,我舅舅那时便说,大华子以后家里肯定忙得好。我们也明白大华子长大会有个不一般的男人,那时的大华子年龄不大,十三四岁,便有些风姿了。大华子到舅舅家干活,因为是女孩,始终在吃中午饭时不能上桌,只能端碗在门边吃,我舅妈会给她夹菜,她笑得很开心。可能是不在家里,没有大午子在场,她和大存子都轻松许多。农村的双抢简直是忙得要命,大华子割得快,收工也晚,有时月亮出来了,她还在割,其他人回去了,她仍在割,我舅舅一边表扬她,一边把她往家拖。大华子喜欢听收音机,有一次我听她讲岳飞的故事,大华子用土话讲岳飞的什么弟弟、儿子之类的武将,她讲的也还有趣。在舅舅家割稻的两三天,她便会在某天午后,吃过饭,和大存子一起匆匆踏上返回山里的路,她每次返回,我四姨都要哭,因为大华子她妈,是小时候就到山里当童养媳的,现在大华子她们也住在山里,不比畈上热闹,四姨会哭上一个下午。大华子和大存子只能走两三华里的公路,然后她们往右插青龙嘴,进山弯,过吴家老院,之后从马家大塘彻底离开畈上这一带。表姐大华子深得舅舅的喜爱,我记事起舅舅就老是重复那句话,她长大了会有个好婆家,其实舅舅是指望她快快长大,再嫁回到畈上来。

我能见到大华子的次数也不多，当然每年的正月能见到，而有一次是夏天，她下到畈上来，大存子没来，她是和她同村的一个姑娘一起下山来的，她到我家换衣服，我妈把她拉到里间，两人在里边嘀咕，还笑，我们都在外边，她一同来的那个姑娘也在外边笑。记得那次大华子进屋换了件海军衫，也就是那时期男孩子们常穿的带袖子的蓝杠衫，大华子是上街买了一件，我妈陪她从里屋出来，我们都看到大华子变了个样，她笑容很轻微，身子微晃，我记得看到她转了几圈之后，我妈和她在院子里又看了几遍，我妈还帮她弄头发，之后，大华子出了院门，到我四姨所在的秧塘庄去了。那时我们小，不明白她去干什么，后来也才知道大华子是到四姨那里，听四姨跟她讲一个叫冬勤的男孩子的事。这个冬勤果然成了她的丈夫，不过那是几年后的事，大华子这个山村姑娘，不仅嫁到了畈上，而且那个冬勤有个能做活路的父亲，是个手艺人，会跑活做。在她嫁到畈上来之前，她频繁地往来于山里和畈上。不过，我们见到她少，她来去匆匆，有时也不从畈上的大路过，要插后山的小道，从河沿背后绕到秧塘庄。而冬勤，我们知道的就是个子高，讲话得体，在小青年中有些威信。

小兰子

　　小兰子是我四姨的小女儿，从小生得乖巧。四姨家所在的映塘庄是畈上一个重要的河边地带，往河的南边便是另一个县，村庄离公路近，因此村里的人显得门路要广些，有了不少往外跑动的人，甚至有人到过合肥或南京。而我们四姨一家在她的村庄始终是一户

绝不起眼的人家。只有她家的小兰子，因为乖巧和灵动，给她们带来一些微弱的声望。小兰子的灵动不在于做事，也不在于待人，在于她那在脸孔和小小身骨里透出的一点不俗的气息，即使是最憨厚的村民也会在小兰子身上看出点什么，这一点算是对四姨的一份安慰。小兰子的上边有一个姐姐，因为生得不如她，性格也躁些，颇有点小虎一般的壮实，所以小兰子得四姨的心。然而小兰子和她的姐姐毕竟只是四姨的女儿，四姨始终想生一个儿子，只是已经赶上了计划生育的时代，风声很紧，四姨父又是一个安分守己的人，很长时间他俩都没敢再要孩子。这一大段时间，约有七八年，算是小兰子最好的时光，因为灵气，又最小，所以便长长地享了一段福。

她快十岁时，我的四姨再次怀了孕，她的姐妹们都为她担心，搞计划生育的人到她家去，拆走了她家的门板，拉走了板车，甚至把碗橱也抬走了，一时间广城畈一带都为她心急。但四姨还是要生孩子，她在冒险，并不知道怀的是男是女，倘是男的，也算是解决了她的心事，若是个女的，她该怎么办，谁也不知道。我听我母亲她们讲，四姨是请的另一个村庄的一位会接生的妇女用农村土制的铁器硬是用土办法生生地取出了节育环，差点感染送了命，但四姨义无反顾，她的丈夫外表沉默，其实他才是真正的鼓动者。四姨怀孕那段时间，四姨父常常抿嘴微笑，日子有了盼头。终于他们有了儿子，大林子。从四姨的儿子出世开始，小兰子便不再有之前的福享，她忙了起来，要带弟弟，还要帮父母做一些农活，虽然姐姐先银停了学，小兰子还在小学坚持着，但四姨已经通知她最多读到小学毕业。小兰子抽条长个子，比小时候更好看，已经有些落落大方的样子了。只是在她的家中，她无法那么显眼，因为处处要为年幼的弟弟着想，所以在她快要停学的那个阶段，小兰子有些不知所措，在家里忙得很，背着她的弟弟，在稻田边赶鸭和鹅。

小兰子还要往少女最美的方向望，有一次，省军区的一位政委恰好对口帮扶村里的希望小学，电视台要来采访，学校一下子着了急，县里乡里都要来人，校长要找人端茶倒水陪客人，已经停学好几年的小兰子又被她之前的老师叫了去，说是要上电视。小兰子不愿意，四姨罚她去。小兰子又到小学去，那一次她上了电视，只有一个镜头，是给老政委倒水，一个侧面的镜头，从脸滑到手上，然后是她的背影，就这样，小兰子上了电视，所有亲戚都讲，小兰子在电视上了。小兰子最风光的一次经历就是这个。四姨父是个篾匠，要不停地编竹筐，小兰子和她的姐姐都要加入其中，干的是剖竹丝和削篾的活儿。由于长期的剖篾，她俩的手上布满了细细的血口。小兰子长得灵气，但胆子小，是个恋家、从不往远处跑的女孩，她的一切大权都握在她妈妈手上。

后来，她就被不远处的一户农家来定了亲，对方家境还好，有几间瓦房，小兰子就答应了。小伙子经常到她家来，人很老实，小兰子怕他到外地打工，所以就不着急跟他结婚，拖了几年，终于结了，结婚后刚有了孩子，小伙子便跑到江苏去干活，把小兰子留在河边的村庄，小兰子也不再灵动，是个憨实的农妇了。

先　银

表妹先银从小是个结巴，头发散乱，现在想起，都觉得她不像是

个畈上人，像是从外地浪迹天涯很久，被带回到这个地方的。先银和她的妹妹小兰子长相上还是有相似之处的，但不知在什么地方，有那么一点绝对的区别，以至于她完全不像小兰子的姐姐。先银的少年时代一直隐藏在她那浓重而飘洒的头发里边，使人看不清她的脸。我沉默的四姨父很少发怒，也绝不打人，遇到特别气愤的事情，才会动火，在印象中，先银很怕她的父亲，一旦他发起怒来，相当可怕。四姨是个好心肠的女人，但对于先银很苛刻，这一点她村庄上的人在背后议论过。在农村，大概会有一种说法，凡是对那些怪异的小孩只有凶狠起来，才会让孩子平安，这个道理，在先银身上实施了。

先银是个干活的能手，她的能力之强，从很小的时候便显露出来，当同龄的女孩还不能单独往地里送茶的时候，她已经可以了；当同龄的孩子不敢独自过河的时候，她甚至在涨水的时候都敢过。她是一个很强的姑娘。她的容貌一般人都认为丑，只是她头发乱挡住脸，又因为脸总是处在一种木然的状态，别人便只能这么认为。先银顶得住家长的冷漠，只在她的天地里活着。

先银从会说话开始，就是个结巴。这几乎成了一份公开的痛苦，无论是她父母还是亲戚都努力纠正过她，让她讲话利索起来，不要忍，然而越是纠正她，她却越是不行。后来她就很少主动跟人搭腔，逢到别人说话，她便在边上笑。在一些喜庆的场合，大人们很宽容的时候，她偶尔也会主动讲几句，当然最终也落个相当惹笑的地步。先银笑时，有一些灿烂，但因为她始终是忙碌而零乱的，所以没人能发现她到底是个什么样的姑娘。从小要让着妹妹小兰子，十几岁时，四姨又生了个男孩，作为大姐的先银成了半个妈妈，一直在照顾她年幼的弟弟,辛苦的程度也远远超过小兰子。先银的个子在她上小学时就凶猛地蹿得老高,直逼她的父母,并很快超过。她那显著的身高加上零乱的脸和头发,再由于她结巴的嘴,她很长一段时间都不敢在白天走大路,她妈妈说,你不要吓着别人。

十几岁的先银长年围着个围腰,这在农村是成家以后的妇女才有的打扮,然而先银却在少女时代就这么打扮上了。那时候,由于她奇怪的表现,四姨甚至悲观地说,先银长大嫁不掉就一直留在家里帮她。为此,先银哭过,她当了真。先银在农活和种菜方面是个富有无穷活力的人,秧塘庄的人都说先银要顶一个男人那么大的用。等她年幼的弟弟稍稍大些,先银也就到了青春期,只有在这时候,几个村庄的人又忽然发现先银变了,她会收拾了,有些不同了。四姨也诧异,几个月以来前后转来转去地看,发现先银一点不丑,脸长长的,牙也好看,嘴和下颌都好看,四姨就骂她,说她是个妖怪,怎么变了个人,先银也不作声。

后来,四姨就考虑别人来提亲的事,四姨父讲先银不要嫁远,还是挑近一点的,好常回来照看弟弟,于是先银最终嫁了个不远村庄的男人。嫁出去的先银,跟那个男的,都是没什么头脑的人,一开始生活得很艰辛,男方因为盖房欠了不少账,嫁过去就是要挣钱还债,先银累得很,四姨很急,但先银已不像之前那么听她话了。她的丈夫读过一些书,初中上了两年,终于也踏上去外地打工的路。先银也在半年之后搭长途汽车跟过去打工,干的是建筑工地的粗活。后来先银就突然跑回来了,同村的人都很不解,在那干得好好的,工资都没拿完,怎么就跑回来了呢?先银还是有些结巴,她妈妈老是问她,她也不说,又过一个月,她丈夫也回来住了几天,两人奇怪的表

现让四姨她们放心不下,于是我舅舅也去审她,以为他们在外边犯了什么事,但先银就是不讲,她丈夫倒是住个把月就又出去了,先银却留了下来。过了一段时间,先银就频繁地上县城,买这买那,家里添置了不少东西,她整个人也光鲜起来,穿了新潮的衣服,最后烫了头,穿了裙子,把耳朵都戴上了耳环,再看她,才发现她比小兰子还要漂亮,个子又高,一副少妇的风韵,除了结巴之外,她已经完美了。

后来,还是隐约传出一些消息,说先银和她的丈夫在外地发了大财,她丈夫在工地上挖出了一坛金币,整整一坛,抱都抱不动,算不出来值多少钱,反正没人弄清楚值多少钱,放到什么地方去了。除了强烈的好奇心和惊讶之外,乡村里的人坚信先银是个不一般的女人。就这样,当初那个少女先银就坚定地崛起了。

陈家桥,作家,现居合肥。主要著作有长篇小说《北京爱情》、《南京爱情》、《成都爱情》等。

蓝调小镇

傅　菲

　　夕阳将落,给人一种莫名的悲伤。山梁像一个倒卧的人,它弯曲的弧线有些重叠和交错。小镇依傍在饶北河边,让一个远游归来的人获得慰藉。夕阳在铁炉里作最后的焚烧,赤色的光彼此交织,向大地投射。在很多年之后,我才知道,夕阳是一个时间的奔赴者,热烈,不知疲倦,要吐尽体内最后的血,才能得到安息。是的,夕阳落下的地方就是每一个人的投奔之处。我站在小镇的石拱桥上,看到山峦是匍匐的,绵绵的青蓝给我淹没感,恍若强大的气流。在离开小镇之前,我经常一个人在河边上看夕阳,天空铺满桃花色,山梁像一群小兽,慢悠悠地走,炊烟起伏,暮归的人群隐没在林荫小路,稀薄的人声在水面扩散,细密的波纹般荡开。渐渐地,仿佛有黑色的液体被倒入空气中,一桶,两桶,三桶,直至视野炭黑,小镇四周的原野被浓缩成一滴露水,夜晚就这样在眉宇间降临。确实是这样,

我曾经迷恋过小镇的黄昏，山岚游弋，霞光飞泻，饶北河曲折地弯过屋舍，在镇头，与古城河汇流，形成一个怀抱状的半弧。

镇头有一个三角形的小广场，来来往往的人聚集在这里，等候南来北往的车辆。车站是一栋小楼房，青灰色的砖墙散发出南方柔绵的忧郁气息。售票窗口的上方，贴着法院的布告和寻人启事。布告上用红线圈起来的名字，作为一种令人警醒的符号，已不属于罪犯本人。那些年，罪犯大多是两类，一类是强奸犯，一类是抢劫犯。小镇里，最常见的案犯是小偷。车站的门口是一条小街，街面上搭着油毛毡的黑蓬，黑蓬用竹篾隔成一个个房间，杂货店和清汤店就开在这里。小偷一只手拿报纸，另一只手拿夹子，跟在人的后面走路。我知道小镇里最负盛名的小偷，叫乌铁钉。关于他行窃的故事，广为传播，当然传播的不是他侠义偷盗，像个楚留香，而是他高超的偷盗技艺。但我并不认同。有一次，在车站对面的饮食店里，我在吃清汤。坐在我对面的是一个外地人，在吃饭。乌铁钉进来了，拿出五毛钱给老板娘，说，来一碗清汤吧，葱花多放一些。他一边说话，一边转到外地人的身后。乌铁钉穿一件短袖白衬衫，头发油亮亮地往两边梳，皮肤像淤泥。乌铁钉用夹子伸进外地人的裤兜，夹出一个折叠的蓝布包。外地人吃得津津有味，满头大汗，没有丝毫的察觉。我们坐的是八仙桌，我用脚一踢凳脚，外地人身子往后一倒，把乌铁钉撞在墙上，蓝布包撒出一地的角票。乌铁钉撒腿就跑。

近邻车站的是卫生院。卫生院有一个空大的院子，院子里种满了石榴和菊花，馥丽香薰的气息被河面送来的风吹远。屋廊幽长，给人空寂的错觉。庞对卫生院深恶痛绝——他在这里做了生殖系统手术。他说，我总有一天会把卫生院炸掉。庞是从县城来小镇工作的，有费玉清般的歌喉，才艺超凡。在小镇里，我没有见过比他更讲究仪表的，即使是夏天，他也穿一件白衬衫，打黑色的蝴蝶结。每天傍晚，他要在他的单身宿舍里练声。宿舍不足二十平方米，光线黯淡，他坐在窗户下，一边踩脚风琴一边练声。"咿，咿，咿。呀，呀，呀。咪，咪，咪。吗，吗，吗……"似乎约好了一般，镇里几个体态丰腴的少妇就坐到他的房间里，脸上露出仰慕的神色。窗口则趴着一群小孩。我是其中之一。练了半个小时的声，他从琴架上取下手风琴，站到屋外的梧桐树下，开始唱歌。他一天只唱三首歌。那是一些民歌，有《茉莉花》《蓝花花》《这么好的妹妹见不上面》《在那遥远的地方》《半个月亮爬上来》《敖包相会》。少妇们听完了歌，还不愿离开，围着他叽叽喳喳。我至今记得一个小学女代课老师，喜欢穿一件睡袍一样的桃红色连衣裙，趿拉蓝色的凉鞋，手里拿着《歌曲》杂志，每到华灯初上，就去庞的房间。庞一直是作为偶像而存在的。他清俊硬朗，气质优雅，为人谦和。他每天早上要去河边吹笛子。他穿一套米色的运动服，在河滩练半个小时的武术，再坐在柳树下吹笛子。直到参加工作之后，我才知道，庞是全县的第一支笛子，当年是因离婚而被贬入小镇。

　　我从来没有想过我会和庞有兄弟般的友谊。我回到小镇工作时，庞已再婚，女儿四岁。因庞爱写诗歌，我们日益密切。我们骑自行车到各个村子里探访山水，寻觅美食。有一次，我们骑车去钱墩村看秋色，金色的田野漫溢而来。钱墩有许多柿子树，柿子已完全绛红，霜后的树叶不但没有给人萧瑟的感觉，反而有席卷而来的热烈。饶北河岸边的秋天就是这样，驳杂、斑斓、迷乱，让一个不经意

穿行于田畴山间的人,有些恍惚。庞说,秋天虽然奔放,但不免悒郁。那时我尚年轻,像一枚青涩的柿子,还没有经历生活的波折,自然对庞的了解是肤浅的。他的变化是从仪表开始的,他不再打蝴蝶结,就连冬天也不打领带,甚至声也不练了。虽然他当年的仪表略显夸张,与小镇拙朴、简陋、略带萧瑟的风格不相符,但我更认同于前者。他那时还没有三十岁,即使是单身,仍然没有颓废之感。

小镇有一条古朴的明清建筑老街,约有两华里长,像一条盘结的肠道。街面上摆满了琳琅满目的货担和货摊。货担是竹丝编织的,有箩筐、筐箩,货物则是大蒜、核桃、木炭、毛茸茸的小鸡小鸭。货摊则是用门板搭在高脚凳上,码着一板板的棉布,或者皮凉鞋、肥皂等生活用品。最繁华的地带是小学门口。门口有一棵高大的洋槐树,树下有一片开阔的水泥地。补鞋的,打锡壶的,包清汤的,煎饺子的,拉二胡卖唱的,耍蛇的,卖狗皮膏药的,都聚集在这里。穿桃花色连衣裙的代课老师,就在这个小学里上班。据说她嫁给了一个百里外的矿山工人。小镇里有许多关于她的桃色新闻。在我整个青少年时代,女代课老师是我见过的最美的女人。记忆中,她总爱穿殷红的灯笼裤,束腰圆领短袖碎花白底衬衣,高跟的银色凉皮鞋走过小街的石板,有嗒嗒嗒的回声。高挑、丰腴、白皙。她的脸饱满而不浑圆。她喜欢仰起脸说话,鼻子粘吸着细汗,嘴唇菱角分明,会含羞花一样颤动,仿佛准备随时和人接吻。有一次我在洋槐树下补鞋(我在小镇工作时),她也在补鞋。补鞋师傅还是十年前的那个,酱瓜一样的脸,只吃蒜头和豆酱下饭,他说他肚子里有寄生虫,蒜能杀虫。我对女代课老师说,你以前真美。“那是多少年前的事情了。你是哪里人,怎么记得我呵?”她说。我说我以前在中学读书时经常看见你,你爱唱歌,也爱听歌。她眼帘低垂下来,哎哎地说,因为那时还有希盼,想找到一条通往镇外的路。她坐在凳子上,身子显得有些臃肿,脸上爆出芝麻一样的斑点。我突然觉得她像个麻布袋,里面装满了棉花,看起来圆滚滚的,但并不重。有一次(我离开小镇二十年),我的一个音乐老师说起她,语气轻佻,说,她做爱喜欢啊啊啊,叫得满屋子人都听见,我和她在阁楼上做爱,我们一边做爱,我一边用手捂住她嘴巴,不然满屋子的人都知道我们在做爱。我的音乐老师在当民办老师时,和她相爱过。

在小镇的街中段,有一个大型的供销社商场,我忘记了在哪一年,商场撤了,店面分割成一家家小店铺。这是一栋两层木质结构的民国初年的建筑,中间有一个大天井,阳光迷迷蒙蒙地在天井中悬浮,像尘埃。在我二十岁那年的秋天,我每天傍晚,从教书的学校骑十华里的单车,拐过一条幽暗的弄堂,穿一个侧门,把车放在天井里,咚咚咚,爬上木板楼梯,到了二楼一个狭长临街的房间里。庞做了生殖系统手术后,一直住在这里疗养。

"这样活着有什么意思呢?"庞不止一次对我说这句话。我想,一个人完全理解另一个人是十分困难的,即使彼此的关系亲密无间。我和庞就是这样的。我觉得庞是十分幸福的,虽然他曾有过两次婚史。我不知他第一次婚姻是怎样结束的。他的第二任妻子,是个娇美的知识分子,年龄比我大不了几岁。夫妻之间的秘密也许只有夫妻之间才能解密。在那段时间,庞和妻子经常吵架,吵架的原因都是因为一些生活琐事。有一次,我去看庞,他躺在床上,下腹裹着纱布。他妻子说,晚上吃鸭子吧,鸭子是一个老表手上买的,鲜

活的。庞说，想吃稀饭，稀饭好，人会清爽一些。他妻子有些不高兴，说，你死了我都不管。坐在凳子上，她呜呜呜地哭了起来。我说，这有什么好哭的呢，烧一些稀饭，也把鸭子烧了。她说，他就是要和我唱反调，对我不满意。庞说，她就是想我早些死，天天吃荤的，我身子受得了吗？他们开始激烈地争吵。每次争吵之后，他们又显得异样的恩爱，手牵着手，一起到街上散步。

在那个木质结构的房子里，我认识了许多小镇上的"奇人异士"。有一个沉迷武功的江湖游医对庞很友好，姓名我忘记了，他的身子像干枯的松树，手像藤条。他每次来，都要和庞在天井里比试武术。有一次，庞对我说，我教你武术吧，这是个十分有用的东西，有了武术，别人不敢欺负你。我对运动的东西，没有一样是喜爱的，体育课都不愿上，更别说叫我现在习武了。我说，那你和老婆打架，每次都是你老婆赢，脸上脖子上都被抓了一道道血痕，你练了十多年的武，还不如你老婆呢。庞被我说笑了起来，说，女人要发威就让她发发威，我要打她，一拳下去就把她肋骨打断了。我相信他说的是真的。有一次庞从市里回小镇，在班车上遇到小偷，庞一把扭住小偷的手，小偷就蹲下了身子。小偷是团伙的，有七八个，有的拿刀，有的拿棍，一拥而上。庞脱下上衣，卷在手臂上，把七八个人全打趴下去，其中有两个人手腕骨都断了。

我已经很少看到庞拉手风琴了，甚至他歌都不唱了。他的女儿还是五六岁，整天拽着他的衣角，跟他去河里游泳，去街上买菜。庞已经和小镇里的人没有什么两样了。我不知道是小镇同化了他，还是他放弃了独树一帜的想法。他和我一样，天热了，穿一双拖鞋，打赤膊，在街上混来混去，到了冬天，穿笨拙的大棉袄，弓着身子，双手插进袖子里。其实我知道他们夫妻不和的主要原因是庞的生殖系统手术给庞的自尊带来毁灭性的伤害。

与我们在一起玩的，还有一个叫氓的人。他是一个小学老师，和我一样，刚从院校毕业。氓似乎懂事得特别早，像一条猎狗，四处寻找猎物。我们有使用不完的精力，和小镇边上的峡口水库差不多，只要下几场雨，要不了两天就涨满。氓比我大两岁，而我的青春期到来的要慢一些，我对男女之情还不知道体会与回味。我们在一起吃饭，氓就说起女人。他说，昨天我在粮站，看见一个女人，一定是新分来的毕业生，我要把她搞到手，不能让她给跑了。整个小镇，达到婚龄的女子，没有氓不熟悉的。放了学，他骑一辆永久牌自行车，到各个村里穿梭。他有着惊人的记忆力，女孩子的年龄、学历、文化程度，他如数家珍。他喜欢吃红烧肉，巴掌一般大，牙齿咬下去，吱的一声，肉油从嘴角飙射出来。他用手摸一下嘴巴，说，没有肉吃就浑身难受，没有女人也浑身难受。不知道是氓求女心切，还是线索太多，他始终两手空空。"看你猴急的样子，我帮你介绍一个吧。"庞说。庞把表妹介绍给他。表妹是个裁缝师傅，在邻近的小镇里开了一家裁缝店。其实，我们都认识庞的表妹，圆脸，皮肤油黑，发胖，像一棵柚子树。庞的表妹在当地口碑不好，私生活饱受非议。庞私下对我说，缺口的锅配缺口的灶，他们是很般配的。我却表示怀疑，一个是文质彬彬戴青丝眼镜的老师，一个是初中没有毕业的乡村女裁缝，坐在一起，一个是黄瓜，一个是南瓜，共同之处太少。但氓表现出浓厚的兴趣，三番四次催促庞快点去牵线搭桥。一天傍晚，我们三人骑着自行车，讨论着相亲可能出现的问题，往庞的表妹家骑去。

　　庞的表妹张罗着饭菜,我说,氓,你带表妹到街上走走吧。表妹咯咯咯地笑起来,嘴角露出两个大酒窝,眼睛斜瞄着氓。氓嘿嘿嘿干笑,一副有些不好意思又有点急不可耐的样子。我,庞,庞的舅舅、舅妈,等他们回来吃饭,菜热了几次,都等不到他们,派人到街上找遍了也不见影踪。事后我们才知道,氓和表妹散步不到十分钟,就到镇招待所开房间过夜了。相亲原本是一件高兴的事情,但庞那天喝醉了,醉了就哭。我第一次看见庞肆无忌惮地哭,双手抱住自己的脸,肩膀颤抖。他的喉咙里,仿佛有磅礴的山洪,汹涌而出。我们很是惊讶。我突然感觉到我和他之间有着崇山峻岭的距离。是的,他活得并不幸福,而这种压抑,并不是我所能了悟的。那天晚上,他一直抱住我的肩膀,坐在屋檐下的竹床上。我们都没有睡。他反反复复地说:"你是我的兄弟,我在家休养一个月,你每天都陪护我,一到放学时间,我就站在走廊上,看着你穿过弄堂,拐进我家的天井里。我远远地就能听出你自行车摩擦过街面的声音,嘶嘶嘶,是那种旧唱片旋转的声音。"我说,我从来没有想象过,也不敢想象你是我的兄弟,你的指缝和眉宇之间,哗哗哗地流淌着音乐,我在孩童时期就仰慕你的才华。我说,一个人无论遇到多少的不幸,世事可以剥夺人的名望,可以剥夺人的肌体,但才华是无可剥夺的,才华就是尊严。

　　我们从来没有像那个夜晚那样真切地交流。是的,庞从来没有满意过小镇的生活——在一个简陋的办公室里,他负责写整个单位的文字材料,对他而言,没有任何意义和快感,甚至是一种耻辱。但他又不得不天天面对。他没有别的路可以走,也没有路可以选择。即使他对小镇的生活有所满意,也只是暂时的。小镇像一个池塘,而他是长江里的江豚，会搁浅窒息而死。

疏朗俊秀的古城山，绵密矮小的峰峦，山下种满瓜果的沙滩，春天水汪汪油绿的禾苗，在记忆中，它们从来没有给人温暖的感觉。它们是那样生涩，略带南方潮湿的伤感。天空有半弧形，黄夜瓦檐潺潺的雨声会让人突然想起一个人。

我站在车站的小广场上，拎着简单的行李等班车去县城。这是我二十一岁那年的正月初七早晨。我将去县城上班。小镇离县城有五十公里。一条简易的土公路沿着饶北河蜿蜒。我十五岁离开小镇去县城上学，十九岁回到小镇教书。班车像毛驴车，一路颠簸。我熟悉这种感觉——孤身上路，独自生活，就是如此。雨后山上的松树油淋淋的，河两边的村舍掩映在洋槐林中，稀稀的炊烟与薄雾融为一体，萦绕在树梢。

此前的晚上，庞夫妇在家里为我饯行。珉作陪。珉是新婚，庞的表妹有了五个月的喜孕。庞和珉说着祝福的话。可以想象，这样的晚宴对庞而言，会撩起伤痛。县城，他比我更熟悉，也比我更向往。他原本属于县城，或更大的城市，他的才华不能不让他有十万八千里的抱负，只是他从来不曾流露。

小镇就像一个鸟巢，每到临飞的季节，小鸟就群飞了。之后不久，珉去了深圳，闯荡江湖，庞去了厦门，在乐队里当歌手。庞穿着蓝色的西服，像个骑士。分别的时候，我拥抱了他，我说，做真正的自己，做自己喜欢的事情。在很多年里，我都没有看过他如此的神采奕奕。他似乎一直在冬眠之中，大地回暖，他也苏醒，得到重生。

县城生活并没有我意料之中的多姿多彩，相反，是单调呆滞，缺

乏生趣。我借居在一个内部招待所，白天上班晚上写作，唯一的娱乐就是和室友打牌。此时，我人生中的第一次恋爱，已近尾声。我上班的单位是一个文艺团体，我每天靠在藤椅上，看着窗外的芭蕉，痴痴地发呆。有时候，我一个人走在街上，看见去小镇的班车，就坐上去。到小镇下了车，我却找不到一个适合的场所逗留下来。通常是这样，从车站绕过一片菜园，沿河堤逆河而走。河堤是石灰石砌成的，堤面覆盖着厚厚的地衣，临河生长着茂密的芦苇。对岸是橘子树的幼林，茅草搭建的窝棚若隐若现，不时传来阵阵狗吠。小镇偃卧在河边，像一朵水莲花。我像一个偷窥成癖的人，从每一个角度观察着裸露的小镇：酱油厂腐豆霉变的气息被风挟裹，古老的时间带来绵绵不尽的细雨撒过灰褐色的瓦屋，小巷深处咚咚咚的打更声是那样的清脆悠远，老药师坐在板凳上捣着铜盅里的田七，面目清瘦慈祥像一根熟透的苦瓜，猫跳过飞翘的屋檐，傍晚的蝙蝠扑打着宽大的翅膀从头顶掠过……

> 我热爱的美娥。屋檐下的唢呐
> 从前她在床前梳妆，遗下一粒真情
> 后来她回到花朵。香艳无比
> 现在她上升为铜器……
>
> ——汪峰《唢呐》片断

1991年，我二十一岁。在时间的切片里，那是很薄的一片，青色，有苦味，咀嚼起来有些难以吞咽。我一次次无故地甚至毫无念头地回到小镇，并不是说我多热爱小镇，而是对县城生活不适应（甚至说不上厌弃）。小镇已然是一个冰凉但遗留着温暖的怀抱。说实在的，我也找不到另外一个地方，取代这个小镇，让我暂时得到某种慰藉。

氓成了不知所终的人。和庞谋面已是两年之后。他经常往返于小镇与县城。有一段时间，镇上传言他在办离婚手续。但我不相信，夫妻分居两年，不是感情不和而是生活的需要，即使男女双方各有一些传言，也仅仅是传言而已。庞不会和我谈起他们夫妻间的事，我也不会多问。但我看得出，庞和他的妻子有深深的隔膜。他在我办公室里午休，他突然对我说，结婚真是没意思，完全属于义务劳动。有一次，我去小镇看他，他正在睡懒觉。我说，我跑了五十公里了，你还在床上啊。他说，我找不到起床的理由啊，起床干什么呢？那你不去厦门了？我说。"在外挣钱只能是权宜之计，不是解决问题的根本方法。"庞说，"可能我活着就是为了受苦吧。"

我很少看到庞将悲观表露无遗。庞说，我准备把老婆调到县城里，在想办法。我说，老师进城不会很难，关键是你要同时进城，难度就大了。庞说，小孩进城读书是主要的，我自己无所谓，我就这样了了此生。我说，你才三十多岁，怎么能这样想呢？"我从小就是一个有梦想的人，我有飞翔的翅膀，可我没有天空。"庞说。我说，我也是一个抑郁地生活的人，有过悲观的时候，但我从来不会放弃，放弃意味着从未开始。

在那一年的时间里，庞隔三差五跑到县城，有时拎着茶油，有时提着香菇，送给相关部门的领导。过节了，他还带一些鸡鸭鹅之类的家禽，给办事人员。庞在厦门挣了两年的钱，因为调动，也花得所剩无几。他是一个豪爽的人，宁肯自己吃亏也不愿亏欠他人。大概

过了一年多,庞调入县城的一个对外交流部门,他的妻子进入一所学校教书。而我调到了临近县城几华里的市区。

有一次,庞打电话给我,说氓回来,大家一起吃餐饭,好好聚聚。氓胖了很多,像蒸熟了的白玉豆。原来氓在深圳一直做销售假货的生意,短短几年,资产累积了好几百万,正计划回县里投资实业呢。我很后悔这次聚会——那么氓就永远是记忆中的氓,贪吃,好色,温文尔雅,不虚饰,乐于让人取笑,也乐于取笑他人。氓变得猥琐,缺乏气度,而举止又轻狂。吃完饭,我就走了,我甚至连客套的话都没有说。直至现在,我和氓同在一座城市,但再也没有相见,他约我多次,我都推托了。我是一个偏执的人。

有好几年的时间,我很厌恶县城,也许是它没有给我留下恬美的记忆,也许它给人彷徨无措,以至于我完全疏离了它。我也很少和庞往来。他也很少到市里来。他沉迷于武功。在旭日东路的花园里,每天凌晨五点,有一个穿对襟的蓝色大褂,在葡萄架下打坐练气功的人,就是他。他手上捏着两个鸡蛋大的铁弹丸,须臾不离。他已经很少和人交流了,也基本上不上班。他隐居在自己的斗室里,成了虔诚的佛教徒。有几次,我想去他家玩,他都说,不要选择在双休日去,双休日要给学生上课。原来他带了一帮学生,学习音乐。去年暑假,我接到过一次他的电话,他说他小孩上大学了,想请我去喝酒。我说,你小孩怎么就上大学了呢,不是前两年才上小学吗?庞说,那是多少年前的事啦。我说我家里还有我们去采摘柿子的照片呢,你小孩还没板凳高。到了请酒的那天,我因为有事又不能去了,让我内疚了很长时间。

我已经很多年没有回小镇了。这不是五十公里的距离原因。

小镇公路两边建了密密麻麻的小平房。小镇越来越臃肿，像一块油炸面饼，河边的洋槐大多被砍伐，到了秋天，河堤上的芦苇满目哀黄。在最初离开小镇的那些年里，我常常有怀才不遇的感觉，执著而无望，孤立而无援。但我最终选择按自己的方式去生活——顺从于内心的法则，与外部世界达成某种妥协。一个人幸福与否，与自己才华与生活的地域没有任何关系。当我这样去理解生活时，我已近中年。

傅菲，作家，现居江西上饶。主要著作有散文集《屋顶上的河流》等。

小旅馆

张爱华

毒蜘蛛

车上一共有六个人,两个老太太,一个老头,带着三岁大的孩子坐在车头部分,我是第五个,还有一个男人,开车时就在后排长椅上睡觉,后来醒是醒了,开始抽烟,烟挺大的,像是在后面给我们做饭。

我们是去西盟。傍晚到了岔路口,路标上有两个箭头指着新县城和老县城。司机从后视镜里看着我:"你去哪个?"我有点茫然。这茫然源于我去西盟的目的:一个搬空了的县城和一座新城,在重重大山后面那个空城的房子里一定住着野鸽子或熊。"老镇。"我说。司机似乎高兴我的选择,我也觉得和那五个人有同伙的亲密感,这世上大约只有六个人去西盟,别人谁也不去。司机回过头说话,像是和我说,指指高山。在我听来他的话是当地话,那几个人听上去可能是普通话，肯定谁也没听懂，傻乎乎地望着他指的方向。去老镇的路是石头的，路两边的树越来越粗，开始是一个人搂抱不过来，后来是两个人搂抱不过来，路的上空完整地被树冠遮盖，夕阳的光芒像一只乱晃的手电筒。在树洞中穿行就如同接近了秘密多得都要爆开来的古堡，不知道前面有什么，不知道走了多远，一下子到了一个让人惊骇的距离之内。这种惊骇之感被我带入在老镇旅馆的第一个梦境中，第二天清晨我是被自己的噩梦惊醒的。我听见有人唱歌……事实上就是有人唱歌，歌声有些怪异，似乎由于真诚和愤怒致使音调变形，如果不能让人心碎歌声决不停止。

我推开面朝街道的窗子，一眼看见了歌者：他站在一幢茅屋下面，房檐的草像谁随手放上的几把葱，之后忘了拿掉，又长出参差不齐的须。一身再也没有颜色可褪的军装，佤族人独特的黑皮肤和利器般冷峻的目光，仰面朝天，似说似唱。这里应该是古镇曾经的中心，十字街，三根水泥桩擎起一座雕像：三个佤族人举着一个四五十年以后仍保持活泼面孔的佤族婴儿，假若小孩子还会撒尿那么大约是浇到我的窗上。雕像底座上是为佤族人崇拜的牛头。昨天晚上我都没来得及好好打量一下房间：电视居然是新的，外包装留在房间一角，更让房间显得大而无当。我呆呆地坐在床上——实际上是坐在海拔三千米的雨水之中，冷雨敲打着瓦屋顶，把外面智障男子的歌声编织进一股凄凉的旋律。我告诫自己：要坚持，在这深山老林里，要坚持，要待下去，在我的旅行生活中这不算一次最坏的选择。

在老镇下车时司机叮嘱我：镇上共有两家旅馆，你要开房间看，干净就住，不干净就不住。后来我才知道司机这种说法该有多么

天真。

　　我是在服务台等了一会儿，那圆脸的佤族女孩子才从不知道什么地方跑出来的，十六七岁，像早熟的苹果坠地，开口也像苹果裂开满室芬芳。就是这股苹果味让我留下来的吧？不然还有什么理由呢，你看，在黄昏朦胧中我看见卫生间的水箱坏了，两个男人抽着烟在修，周围烟蒂像被踩死的蛾虫，这情景酷似卡夫卡小说的开头，这个怪异的作家满脑子都是小旅馆的情景。我吃了晚饭回来，女孩子站在门口阴影里，像是专门等我："被罩换了，但床单还没干。"她低头侧脸，仿佛说出来的话让她心跳不已。我笑了。我还从未碰到没有备用床单的旅馆。楼上沿廊上是搭着床单，即使不下雨一夜也干不了。女孩子想了想，仿佛下了很大的决心，"一会儿我去找老板娘吧，"这句话道出了老板娘的神秘性，我始终没见到她，在想象中她是一个压寨夫人。十几分钟后，女孩子右臂上搭着床单回来了，满脸通红，红润让她的脸更圆了。"老板娘不高兴了，床单才换几天啊，这是最后一个床单。我就说，是一个很远很远的阿姨。"接着如释重负地笑起来。她这种说话的方式、结构、语速让人想起《红楼梦》里的使女小红。小红就这么说话，只要跟随她的话语频率，几分钟之内就能绕地球一圈。

　　第二天上午她来打扫房间，拎着笤帚。见床头柜从床的一边站到了房间中央，屋子有点乱七八糟的，愣住了。我告诉她昨晚上我看见从床头柜的抽屉里爬出一只什么：多大，颜色，样子，我比划着，惊魂未定。昨晚我差点把隔壁的男人叫过来帮我解决问题。"那是毒蜘蛛！"她也害怕，离开床头柜一点。我们商量的结果是把床头柜挪到走廊上去再说。不知道蜘蛛有没有听说过画地为牢这类词。

面对空空如也的抽屉我们自我解嘲地笑了半天。女孩子笑起来特别像个娃娃，被烈日晒红的痕迹印在两腮，粗而健壮的胳膊挥舞着没碰到毒蜘蛛一根汗毛的笤帚。

她指着迷雾山间，"那边是我家。"其实除了大雾什么也看不见，还有她上学的村子。翻过山就是缅甸的艾梅。她父亲有病，所以她初中刚刚毕业就到旅馆里来打工了，她说到读书的时候把脸扭向一边说不下去了。当她和我一块儿望着山间弥漫的大雾时，她的心像是被缠住了——不仅仅是上学、课堂、书包，这只是些象征物，而是指她突然被中断了通往孩子和通往女人这两条路。前一条不得已而退出，后一条路遥遥无期。她连清醒地品尝一下苦恼都做不到，两样都不让她尝。小旅馆的工作——接待、清扫、洗濯、送水、开票，对于一个还什么都混淆的孩子来说几乎等于真空。我也有过这种时候，一段时间，我干活，但没在现实当中。

她下楼一会儿，过几分钟又回到我的房间，想说什么又不便说，只是无声地动动嘴，动了三四次。我们坐在床上或凭栏远眺时，我在想她怎么才能从这里出去，先出小旅馆，这个环境太不适合一个这么大的女孩子了。我们都在动感情，但这种感情远离现实。谁都一声不响的时候我们就像两个符号——她有孩子气，却没办法将其给我；我有人生经历，也无法传递给她，我们仿佛是站在河的两岸，雾气弄湿了眼睫毛。也许，我来之前或我离开之后她都不至于这么难受。她想到要说"很远很远的阿姨"时，这个远字刺激了她。旅馆这一特殊角度让她比一般佤族姑娘多些见识，谁知道呢，可谁能保证它不是苦恼的源泉？除非有一天你真的飞走了，见识这个词才会转化为有益之物。她也比其他佤族姑娘肤色浅些，婀娜些，甚至于

有可能接近优雅,但那太远了,远到不知是否存在,起码眼下,她和一群佤族姑娘在一起,别人是阳光她是阴影。

我是个数千公里之外跑来的倾听者,她并没有向我提出什么苦闷的问题,而是塑造了苦闷的方式、表情、神态,我想我任何时候都想得起世上有这么个女孩子,就像我随时可以把零散的照片收入相册,我所能做的也只有这个。几年后,但愿她向好的方面改变,我真希望在北京或昆明的书店、花店、服装店的门口碰上她,那时她说话就会畅快多了,当然,不排除边哭边说。

无论如何,一个女孩子在未来生活的准备阶段被我撞见,假若她对我也留有印象,互为记忆,那就好了,我们就会在将来的某一天、某一瞬间,迂回曲折地把早年的记忆趣味横生地引向那时的自己。

白象旅馆

我在它的门口停住。看上去这是一幢平面干瘪、被密拥着的三层建筑,两侧是快餐店和包子铺,生机盎然地冒着热气,而旅馆就像被擀去了水分的饺子皮。这是景洪一条热闹的街道,即使在暴雨中也还是热闹。我顶雨走出汽车站,几个为旅馆拉客的人不屈不挠地跟着我,我急于摆脱他们,宁肯去一个更差的地方。

进了房间我就知道我的愿望实现了。里面空荡荡的,不是因为房间大而是没有任何物件抓一抓你的眼球,似乎能绕过去的都绕过去了,只有我,深一脚浅一脚地挨近了它。比如床和小柜,这本来应该可以构成一种组合,在适当的房间适当的颜色背景下甚至于可以是温暖的,但这里不行。小柜勉强可以称得上是绿,也许被当作床头柜使用过,现在显得用途不明,从床头到门后角落这段距离它是自己走去的,夜里它还会自己走回来。假若不是我住了进来它本来是房间的主宰。我感觉到它的敌意,它在短短几秒钟里向我炫示它的经历:在大树底下呆过,风吹日晒过,大雨淋过又和什么什么搏斗过。我一点也不想和它同处一室,它甚至像我早年犯过的一个最不能原谅的错误,现在追到西双版纳来提醒我、污辱我。我推开窗户——如果可以称它为窗户,窗框是铁的,我好像从湿漉漉的淤泥里捞起一把又沉又锈的剑,不知为什么铁框四周钻了些圆圆的小洞。窗下是伸出去的水泥台,连接它的水泥墙皮已经洇黄,只有常年洇着才会出现这千奇百怪的图案。小小卫生间里所有设施都不敢碰,一碰就歪,一碰就淌水。门把柄不知哪儿去了,露着鳄鱼咬过似的窟窿。我想,只有犯了重罪才能住这样的房间。是不是因为我有了写小旅馆的念头,小旅馆于是专门为我展出它们又小又差的一面,还是在世上许多个角落,旅馆和与其相关的人们就是如此而已地生活?那个连一盏台灯也经受不住的小柜,也许不是平白无故地存在于此吧,它是想让我把它写进去,写出生活中某一方位的质量、等级……无论什么,突然疲惫不堪的我却不想深究了。

"床像烟灰缸,四周都是突起的边缘",这是我事后对它的回忆。继而想到的不是小旅馆别的方方面面而是别的人、在别的时间、别的地点说过的类似的话,"房间连窗户都没有,像个橱柜","我从来没有过真正的房间","不知为什么,全世界旅馆的床单都这么粗糙。"……我想象着这些人在写出这样字句的时候都经历了一些什

么,被小旅馆拥抱、刺激、伤害、污辱吗?并带着对它深深的记忆从一家旅馆到了另一家旅馆?我常常想起他们,也很有必要想起他们,只有这样,我才能从置身其间的地方逃脱。在电影《萍水相逢》中,以写旅游指南为生到处乱跑的梅肯,边说着上面的话边把两条床单扔到了柜子里。

人生只有一种情况和我那天在房间里与服务员撕撕扯扯换卧具时的情景相似,那就是制造阴谋。我们手中的东西太糙太不像样子了,而我们就是想让这样的东西变得有用,将其贴到皮肤上。枕头原本没有套子,触碰黄渍塌软的枕芯就像触着了网球袋,年代久远的棉花已经成了生硬的四角滚动的球体。偏偏这个时候他从天津打来电话,我边和他通话边嘱咐服务员:"把这个也换换。"我扯下被套。服务员手上露出了有些令人恐怖的内容,随之散发出一股气味,似乎整个西双版纳的空气都会因它而改变。服务员自己好像都被吓了一跳,起码有点难为情,迅速为那堆东西穿上外衣。

"你到了哪里了?"他问。

"景洪。"

"把枕巾也换换吧!"我指了指,声音低低的,我忽然从心底涌上来一股悲哀,这悲哀之情在我们分手以后,在几次不同场合被我想了起来,我觉得充满了寓意和先兆。

"热吧?"他又问。

在有人经过的时候就更是凶猛、动物、本性。

令人不解的是,就是这样一家旅馆却生意兴隆,每个房间都在夜深时亮灯,和这条街密集如蚁却暗淡无光的旅馆形成强烈反差。这家旅馆有多少年了?我问服务员,没人回答。我当然不单指它建了多少年，而是指一切：枕头、被子、小柜、洗脸池……难道说经营者是在试验它们在不加任何修饰的状态下自然寿命有多长吗？整个晚上，走廊里钥匙串的声响，拖鞋啪跶啪跶的，跑调的流行歌曲，咳嗽吐痰，手指甲划过关闭的铁门……什么都没人管，你就是堕落也没人管。我直到今天仍耿耿于怀的真正原因，是那天我没能找到适合于我的堕落方式。

不，不，这些都不是我要记住的，我记住的是白象湖。它和旅馆之间隔了一个十字路口，两盏路灯，还有一个向行人敬礼的假交通警察。我在混乱无序的情绪中逃到了湖边，我真想把刚才那样的小旅馆忘掉，如果可能我宁愿搬到湖边露营。细雨中的湖面银珠蹦跳，使它看上去像是过分愉悦而开怀，扇形棕榈叶在雨水敲打中摆出世上最漂亮的舞蹈。我忽然觉得这是又一间房，只是比较大，当年土著的、最有资格居住的白象群迈着比缓慢更缓慢的步子走了，走向了另外的胸襟宽敞的房间。

露　台

晚上临睡前，老板用标准的普通话祝我晚安。可我睡得不怎么好，第一次醒来摸出枕头下的手表和打火机，三点半。屋子里黑黑的，像一块蛋糕的内部。小窗子只有一半是玻璃，另一半是胶合板拼的，窗帘像是由淘汰的舞台拉幕做的，很遮光，只有木门中间的裂缝透着亮，如同一条条微弱的白油漆道道。

　　在这个房间里仿佛正在蛋糕的内部腐化，号称钢丝床的地方实际更像是烂蚊帐圈起来的沙石路面。随着我翻身坐起，把地板上的拖鞋套在脚上，响起令人惊恐的吱嘎声，什么都响，我好像踩在了一架废弃已久、寂寞难耐的钢琴上。这也是小镇上全部的声音了。我来到正对着我房门的四方露台上，在小方桌旁的藤椅上坐下来。温和的空气里的一丝风，送过来经过夜的稀释后不那么浓了的菠萝蜜的味。果树就排在路边上，结着沉甸甸的坠果，还有青柚，也很大了，此刻如熄灭的灯盏的暗影，澜沧江在公路那边哗哗地流泻。

　　这家傣楼旅馆位于思茅港的一条僻静小街上，它用它昏昏沉沉的橄榄绿在我看到的一瞬间写满了寂寞。典型的尖塔翘檐傣楼，三座尖塔房脊是黑鱼皮色，雀翅般的檐角生长着尺高的青草。蹲在檐脊上的铜鸟在白晃晃的阳光下都要融化了……它就像精雕细刻的艺术品——曾经精雕细刻过，现在旧了：深深庭院的旧，深深庭院里老座钟的旧，老座钟停摆的指针所指的时间的旧。正在风化，粉末飘飞，第一印象是它大概不能住人了，住住猫还可以。

　　金属门关着，房门口有两棵树，一棵是橄榄，一棵是菠萝蜜。旁边居然有一个公厕，酸角树下放一把木椅，上边是个小纸箱，写着"自动交费：两角"。这仿佛是一句毫无意义的自言自语，写字的人自己也清楚，谁会跑这里来交两毛钱呢。金属拉门两边有几间恍若客房的门，与墙体颜色相同的木板上写着暗淡不清的号码，"101"、"102"之类，意义的丧失如同电影散场，我们走出影厅，身后传来就要听不见了的零零落落的小音符，不必听了。

　　站在楼梯口我又问一遍有人吗，在强烈光线下我的声音像手指弹向火炉的几滴水，刺响了一下，立刻消失了。楼梯令人伤感地斑驳，这里即使有主人，主人现在的想法也和当初的想法大不一样了，他不会用哪怕一下午的时间把楼梯上的油漆补一补。我悄悄上到二楼。除了号码换成了201、202以外，关闭的房门看上去一模一样，但多出来的方形小小露台颇为引人注目。露台放了一张木桌和两把藤椅就没什么余地了，我为一种吸引动了心思，我在藤椅上坐下来它就更吸引我，我能感觉出距离上一次有人坐已经很久了。能看见银白的水带从橡胶林后面通过；能看清橡胶树挤在一起的树冠在风中摇摆的样子，能看出路对过米粉馆里此刻无人吃饭……思茅港这个港口小镇骨子里的寂寥都能看见。假如这些不值得在露台上看很久，那么就是我的喜好本身有问题——我喜欢沾着蛛网的露台（一只知了死在了扶栏上），我喜欢被遗弃之物，我喜欢老时光。

我到米粉馆吃饭，店主说，旅馆老板回橄榄坝岳父家了。我很想去橄榄坝找他。那些天，恐怕是那些年，我都在迷失，这样的事我大约是能干出来的。走了几步，觉得自己是正在被蒸发的水，特别想扔掉行李扔掉一切想法向无处躲藏的热举手投降。饭店店主也探头探脑往橄榄坝方向瞅。当看见什么的时候兴奋的样子好似他们要住宿："嗨，回来了！……你怎么才回来？人家要住你家呢。"

屋外的阳光是一片耀眼迷濛的雾海，眼睛都睁不开，渐渐地，一个胳膊和腿比猴子粗不了多少的男人浮现出来，推着小三轮车。暑热将他的年龄和体重也蒸发掉一部分，水淋淋的，露出欢迎我的羞怯的笑容。

他很客气，说普通话，有一种文明基础上的亲和力。他以灵长类动物的机巧弓身托起拉门，让杂货琳琅满目地出现在我面前，小旅馆一下子有了人气。这里既是接待室又是他家起居室，长条椅被

皮肤磨得油亮,小孩子的鞋躺在上面,这么个方寸之地竟然窝着电视、风扇、茶几等等,后面是他生儿育女的卧室。随着他的回来,一种不安的气氛也产生了,显然他也意识到了这一点。跟随202室房门的打开,只有一半窗子玻璃的出现,床上只有褥子形状的东西而不见罩单——底下肯定有蚂蚁——掩饰不住了,还有什么令人胆寒之处快快出来吧,他有点尴尬地站在门口等待我决定。之后,他给我时间犹豫,自己站在露台上等。

我可以在露台上过夜,我突发奇想。接下来一天多的时间里,我每次见他,他的脸上都是殷勤甚至是讨好的表情,我想谢谢他的露台但我又说不出来,我不指望他能理解,最初的设计者是不是想靠这个露台来改变人与物之间的关系呢。上个世纪九十年代初,他请来景洪傣族设计者督建了这座房子,接下来有八年的辉煌期,一个港口小镇在地图上经常被人用手指指点。这里住过外国人,小型团体需经提前预定才能住进来。谁知道思茅港以后会不会东山再起,但现在是萧条冷落了,江边只有为数极少的船仿佛插在淤泥里不走了。

小镇上有一个富翁,拥有两三千棵橡胶树,住在小市场那边一幢看起来普普通通的房子里。富翁的发家史一点也不轰轰烈烈,他是最早到思茅港来种橡胶树的人。种橡胶树你得等,像等一个心爱之人结婚、离婚,之后才有希望,要七年过去才能收益。橡胶市场价格浮动大,最初来种橡胶的人相继都走了,而这位富翁将他们的树悉数买了下来。富翁的故事我起码听了三次,其中一次是米粉馆老板说的,但旅馆老板起码说了两遍,我决定住下来,他为我换卧具时说了第一遍，晚上他用大木盆给女儿洗澡时说第二遍。别人说起富翁，要点集中在每天的进钱数：两千？三千？而旅馆老板强调的是："谁让你当初把树卖了呢？"听他的口气似乎总是有个对立面站在他面前，或是历经一次损失，他是损失最小的一个。每一次讲到富翁时他都得重复"谁让……"他自己意识不到重复，口气里保存着第一次的新鲜。听得出他是在思索，思索富翁，思索教训，只是所用时间太长，精力过于集中，耽误了别的，这就是我初到旅馆时所感到的漫不经心，他蹬三轮行驶在太阳下漫不经心，他给孩子洗澡时漫不经心，我要是把旅馆卷巴卷巴带走了，他大概也是漫不经心吧。要想把他拉出漫不经心就说富翁，他占了我不少时间说那个富翁，以至于引起我的好奇，傍晚特意从那幢富宅前面过了一遍。

凌晨了，露台上几乎可以记日记了。露台是这幢小楼最可心的地方，它能让你离开床，离开梦境，离开一个固定的处所和思维。露台具有良好的悬浮效果，凭栏时似乎可以不费吹灰之力地把石头投入澜沧江。支撑露台的廊柱上蜘蛛结网，黎明微光里轻轻颤抖的蛛网最能惹人遐想。我注意到，露台铺着长条老式地板，是从高贵的树那儿来的，但出身的高贵并不能阻止虫子们，我在地板上查找出不下五种爬虫——证据确凿地记录着我在旅行中有些早晨是多么无聊。我不是为了看爬虫才坐在露台上的，也不是为了两小时后在露台上梳头、洗脸，寻找女人的感觉，不，不是为了这些；坐在露台上是为了理一理我心里放不下的一点什么。富翁的住宅是外貌平凡又平静的房子，共两层，也就四五个房间，傍晚只有一间亮着灯。主人年纪不小了，孩子都在国外，他们靠雇人管理橡胶。除了当年买

下别人的橡胶树之外,一生平淡,没有故事。

门廊上的日食

　　那些男人仿佛在福克纳的小说里出现过,出现在杰弗生镇,在相像的、敞开的、特意设定的门廊上蹲着,坐着,叼着冒烟的小黑棒,露出非洲的肩背和小腿,醉醺醺地议论着小镇上的轶事(从乡村土路上似乎真的走来那个挺着大肚子的莉娜格罗夫,赤手空拳地来镇上寻找她的情夫)。我也许是一眼就看中了小旅馆这个独特场景,我是傍晚晚些时候换到这家旅馆的,老板娘带着个十二岁的男孩守着这份家业,不到写十个字的功夫她就和我说起身世。不容易,我不能不住。

　　门廊在二楼,围墙是黑色的木头,阳光一照仿佛刚蘸过的油漆还在滚动。旅馆上半身是木头,下半身是石头,远看像是剥皮一半的陈年核桃。它显得结实、吸汗,无论热成什么样都可以住的一个地方。门廊的角度不错:上可饱览天空,俯可辨别院子栅栏上是一个黑甲虫还是两个,从院子一侧的浴室出来的人更可尽收眼底。太阳下山后这里像是人人都可以捏在手心的骰子,可享受,可玩味,可领会。每天我端着脸盆从浴室出来同样要被狂野的、又狠又辣的目光过一下,当然,我也没必要虚伪,我也看看他们。他们多是些附近镇子上跑运输的司机、烟叶贩子、推销员什么的,除了天上的云彩他们似乎什么都推销。白天见不到他们,而一到夜晚他们在门廊上出现时又显得天经地义,如同牛仔出现在美国西部片中那么自然。我从未见女客出现在那里,老板娘也不去掺和,她和儿子住一楼接待室里间,在门口简易棚里摆桌做饭,有事就仰脖子喊他们。

早饭后,我背上双肩背包准备到芒果林里去,听见楼下老板娘和儿子说话。她的说话声里有一种玻璃碰撞的碎脆,很容易辨别,那声音本身似乎很懂事,体恤主人,经久不散地帮她维持着小店的秩序。门廊上的汉子们对这位不到五十岁的女人挺规矩的,本来正说着粗俗笑话也要等她转身走远后再接着说。那个少年经常打赤脚,书包带上系着乒乓球拍。他应答着母亲,母亲正把淘过的米放进电饭锅里。少年说今天要去学校集体观察日食,还要写日记作文。我这才想起来,几天前就看到报纸了,只是忘了是今天,是现在。

我放下背包,改变计划,在旅馆院子里转悠,后来又到了门廊上。虽是空无一人,但我还是脚步轻轻,不那么自信。凭栏处有一排长条凳,上面斑斑点点烟头烫出的小坑。那些目光粗野哈哈大笑的男人们坐在这里都交换些什么?所交换的内容为什么具有那么经久不衰的生命力?

朝天空仰望时心中那份激动类似在教堂里的感情。院子像在统一口令下骤然安静下来,连虫子都不叫了。太阳已稳稳停泊在不需要特别仰头就能看见的位置,比往日具有更强的清晰度,让人不敢逼视。我擦擦墨镜,看看表,还有二十分钟零几秒九点。两分钟后太阳中间的分界线开始浅浅地波动,眼见凹了一点,就在我忙不迭地擦镜子时又凹了一点,一圈黑晕显现出来,顷刻,太阳成了上弦

月。在海拔三千的高原上看日食就像在剧场有幸被请到了舞台上，不只是观看更有一种参与感。想想当时身临其境的感觉，就像有人拿笔尖往心上一下一下地划。那个时刻太庄重了，无论你正在干着什么都应当放下手中的活计仰慕地望着天空。可是，旅馆门前巷子里毛驴车照常通过，远远处汽车喇叭响，院子里电饭锅开始冒出一缕细细的白气。天色倏地暗了许多，好像大地上的所有阴影骤然长出了翅膀，空气也突然一凉，无数冰箱的门约好了同时拉开似的。狗狂躁不安地叫，许多只。毛驴也失常地、以一种全新的叫法叫。门廊上还是静悄悄的，我忽然产生了一种冲动，想挨个房间敲门，把能叫出来的人全叫到门廊上来……

老板娘倚靠在简易棚子的立柱上，不知是望天还是望着远处，目光呆滞，双臂护胸交叉，系着围裙，围裙上有两只抬头鸽子。这时天色近似黄昏，我感受到一点恐慌，假若地球此时出了问题，一个小旅馆，一个外乡人，一个女店主，能怎么样？每天晚上聚集在门廊上的男人，难道他们只是理论上存在过吗？

阴森森的气氛中，不知从哪儿飘来一股印度香的味道，让人迷惑，香味真切到有所指的程度，但除了发呆的店主和我，身边并没有其他人啊。九点十六分，天上的月牙儿有所变幻，像被一只大手挪了挪。五分钟以后天开始放亮，其豁然是世上第一个天亮。月牙儿竖了起来，之后，半月；到了二十一分，已有三分之一复原，突然，阳光喷溅而出，剑出鞘，扑面寒气转瞬即为火热，凡裸露的一切都要被灼伤。我觉得自己像一棵草木，受到劫掠，受到涤荡，受到惊吓，当清风徐来时我闭上眼睛，感到阳光，还有人间烟火，悄悄浸入我的身体，我稳稳地回到了平凡之中……这时，我听到啪的一声响，清晰而又怪异，像是演员口中冒出一句错误台词，由于太错误了，观众一时还反应不过来。是电饭锅跳闸的声音。原来，人间做一锅饭的时间里，天上日全食了一次，这是那么容易相信的事吗？

这个晚上，似乎比平时更热，人们张嘴抹汗，往复着在浴室门口相见，像是水池里拥塞在注水口争吮氧气的鱼。我从浴室出来时已经天黑了，一切都没发生过，亮白的、想不用拟人手法形容都不行的、呼之欲出的云朵，风姿绰约地挤过旅馆上空。门廊上的男人们轮廓清晰，身上的汗光闪烁如鳞，让他们看上去像是从深渊里浮出的鬼魂。我在门廊下站了一小会儿，想听听他们说些什么，没什么，笑话、轶闻，一个人讲，众人打趣应和，与上午天空上发生的事情无关，他们也许根本不知道这件事，好在他们根本不想知道发生了什么。

福克纳让莉娜格罗夫从《八月之光》的开头来到小镇，又让她抱着婴儿从结尾走了出去。其实，这个人物和小说主要线索、主要人物、主要情节关系不是很大，但是我印象深刻的却是这个人：微不足道地从乡村土路上来，又微不足道地离去，拉着她的马车，在正午的阳光下慢慢地走，带给人一种时光停滞之感。

门廊上发生过日食，这件事并没有和吸烟的男人们搅在一起，没必要。我知道，无论我走到哪里，我们——我与陌生人，都无法把自己的生活告诉他们。

张爱华，作家，现居昆明。主要著作有散文集《水果女人》等。

合租手记

塞 壬

在广东六年,合租,是一件很有意思的事情。我喜欢在安静的屋子里扒个缝看隔壁的人和事,可以参与也可以不参与。跟一个人交往就是打开了一个世界,一个人就是一个宝藏,他会在不经意间张开蚌壳,露出人世间最宝贵的珠子。很细的一个缝,就算没有歌声,哪怕漏下的只是阳光和自由的风也是好的。

——是为记

小 米

人事经理跟我说,那间没腾出来,你就先跟隔壁的出纳小米睡一晚。因为找了个不错的工作,晚上跟朋友在外面吃饭,午夜时分才摸回宿舍。小米睡了，她块头大，占了大半个床，我使劲地扳她的身体，可哪里扳得动。我只好缩手缩脚地睡在她旁边，她身上一股浓烈的女人气味一阵阵向我熏过来，有点蒸熟的馍那微酸的气味，腥，强烈的生殖力。两个女人睡一张床，那叫一个难受。

小米说，下了班，我跟你去超市买日用品吧，东西多，我帮你拎。在超市，两个人就走散了，我买了牛奶、茶叶、烧水的壶、人字拖、小风扇以及各类日用小件。在外面碰头，小米居然为我买了几包熏香。好看的塑料袋装着，阴干的花，被香料浸泡后散发出自然的香味，搁在屋子里，挺女人味的，有了个香闺的样子。我们经过一个花市，小米买了把姜花，说，这花很朴实，香味淡淡的，我喜欢。说这话时，她就像个小姑娘。

两房一厅，共洗手间，我们俩都不在宿舍开火做饭。晚餐，她总是约我去楼下的湘菜馆吃饭，AA制，我是不喜欢跟她吃饭的，嫌她话多，但是拒绝的次数不能太多。我总在想，换成一个略略聪明些的女孩子，大概可以感觉到我不喜欢跟她一起吃饭。在公司，她和前台文员只要在茶水间碰上，两个人都会八卦半天，十分的让人生厌。小米属于那种有块头，有点壮实的女孩子，圆圆脸，还算端正，但是她老是认为自己非常美貌，常跟我说公司谁谁想性骚扰她。这回她说起工程部的某个技术员，我有些吃惊，问她到底是哪个。"我怎么知道他叫什么！"她理直气壮地说。我更惊奇了，你连人家都不认识，怎么断定人家想性骚扰你呢？"看他的眼神我就知道了。"她狠狠地瞪了我一眼。我连连点头，低头下去喝面前的汤。AA制，小米要算得丝毫不差，她不能让我感觉到，她占了我的便宜。

公司的数码相机由我保管，周末，小米总是向我借相机跟朋友

去外面玩。晚上,她总是当着我的面,逼着我看她那几十张娇情、搔首弄姿的照片,还要听她讲解照片上都是谁谁,这是一件非常痛苦的事情。有一回,我实在无法跟她分享这种快乐,感觉她严重地打扰了我,就黑着脸说了难听的话,那话确实有点难听:喜欢照相的都是些自恋狂,真让人恶心!小米听了,一言不发地回到她的屋子,关着门,一连几天没有跟我说话,我心里很后悔,同时惊讶自己怎么这么冲动。我实在太粗暴了。

后来我因为决定去深圳就辞了职。当晚,我请小米去下面的湘菜馆吃饭,小米没有感觉到这是告别的晚餐,她还跟过去一样,依然讲着她的八卦,我还是一言不发地听着,这样的告别谈不上伤感,这只是职场中的一件很平常的事。来来往往的人,认识了,交往了,告别了,不断地循环。点菜,小米说,不要点这么贵的,随便吃吃就行了。我说明天就走,小米说,水电费的单子没打出来,不晓得我要出多少水电费。我把深圳新地址和电话写了个条子交给她,叫她到时找我交水电费。小米收下了条子,想了一会说,这样吧,你先按平常一个月的水电费金额交给我吧,等单子打出来,我多退少补。我明白了,小米是信不过我给的地址,她担心到时根本找不到人。我看着这个比我小六岁的女孩子,很惊讶她处世的老练。是的,我有什么资格能让别人相信我是可靠的呢?我笑着对她说,行。同时微笑着,叫她吃饱。

我到深圳半个多月后,收到一张汇款单,是小米寄过来的,她退还给我半个月的水电费:38元。那汇款单上干巴巴地写着38元这个金额。我其实多么想看到她在留言那一栏写上几句问候的话,她原本是一个多爱说话的人啊,但这个时候,她却沉默着。

秦海和他的女朋友

秦海不爱说话,很腼腆,碰到他赞同的话题,他就微笑,抿着嘴,眼睛热切地望着你,仿佛是,你那话说到他心里去了。江苏男孩,一身书卷子气,还有点甜糯的气质,一不好意思起来,脸都红了,声音就像是蚊子哼哼,仿佛是,他那样不好意思,是因为自己的样子那样不好意思似的,向大家介绍自己的女朋友,这事就让他这样受罪着。但终究秦海是可爱的。房间是三房一厅,秦海睡里间,我睡中间,齐宏睡外间。

他女朋友是个才二十岁的小女孩,东莞本地人,很漂亮,是那种城市女孩子漫不经心、无聊、具有某种破坏性但又不失娇柔的漂亮。她说,跟一个女同事打了架,用指甲把人家脸抓了,这下不得了啦,她妈的她成了天底下最委屈的人,也不想想,那个贱人一样把我的手咬了,说着,撸开袖子让我看手臂上被咬的牙印。我看着她依然气呼呼的样子,很想笑。她辞了职,回家怕被老爸老妈骂,只好先在男朋友这里呆几天。

一整天,我在宿舍等稿,泡了茶,歪在沙发上看着过期的《南方都市报》。齐宏在电脑前写方案,秦海的女朋友,抽着烟,无所事事,书她是早就不念的,也一直讨厌上班,十几岁就在外面混。美丽的,傍着帅哥的,脾气不好的,爱花钱的,不讲理的,在常人眼里一点也不可爱的女孩子。但我很喜欢她,我时常盯着她看,暗想,她多简单啊,简单到干净。她不停地在房间里走来走去,不停地拿电视遥控器换着频道。无聊啊,她说,你的洗面奶是什么牌子的?是三星手

机好还是诺基亚手机好？上回我们从折扣店拿回来的卡在你这儿吗……这些，所有这些，我统统回答她说不知道。是的，我不知道。接着，她问我要不要到四楼去打会球，或者去天虹商场买水果……我告诉她，我不想去任何地方。她拿起她的水杯，很讶异地看着我，然后把水喝进嘴里。

秦海拜访客户回来，她马上迎上去，轻轻地踢了他一脚，大声地责怪秦海不陪她，秦海跟我们打招呼，他们俩就进了房。齐宏诡秘地问我，说，你睡他们隔壁，晚上就没有听到他们搞出什么响动？我当然听到了，听到的是，秦海在劝女朋友赶快找工作，不要这样无理取闹。那么腼腆的人，在女朋友面前说话有一种成熟的坚定，口气透着爱，当然，我听出来的是一股男人味。我想，这样无法无天的小美女，一定迷的是秦海身上这股男人味。果然，秦海这样说，就没有听到她应了。

秦海就带女朋友去跑业务，说是让她学学，这样也免得她在家无聊。她果真上手了，并且表现出对这种工作的热爱，但是，她经常被客户请去吃饭，或者出去玩。很晚了，秦海看着墙上的挂钟，幽幽地说，怎么电话没人接呢，怎么这么晚也不回来呢？我们听着他在客厅叹气，长长地叹气，不安地来回走动：真不该带她出去跑业务的。她这么单纯……唉，真不该的。我和齐宏就劝他，没事的，她这么大的人了，没事的。秦海睡不着，我们也跟着陪着，大概一点半的样子，她回电话了，秦海赶忙下楼去接，她回了，一身酒气。秦海扶她进了房，一夜无话。

第二天中午，她起床后，突然跑到我房里，哭着说，红姐，我再也不跑这个业务了，昨晚客户请我吃饭，给灌了酒，后来去了舞厅，那个家伙就拉着我跳，他把我引到暗处，抵在柱子上，用他下面那里顶着我……我把他的脸、脖子全抓了，骂了他……她说，她不敢把这事告诉秦海，她说，要是她看中人家的钱，就不会跟定秦海。她说，她相信秦海会赚到很多钱，她不稀罕别人的钱，她就要秦海就够了……呜呜呜地，她哭个不住。这是爱情的吐露，竟那样地贞洁，我先前以为像她这个年龄，这种成长背景的女孩子是不懂爱情的，我先前一直以为……以为……原来我骨子里一直是瞧不起她的，一直替秦海不值，我一直觉得秦海应该找一个知书达理、温婉静好的女孩子，那样才跟他很配的。

秦海果真不让她去跑业务了，只是那件事，我不知道秦海是否知道，可这有什么关系呢？我相信秦海是真切地感受到爱情了，他爱着，为了她，他努力地工作，踌躇满志地，要买房，要买车，要给她一个家。不久，她找到工作了，搬了出去，好一阵子，只觉得屋子一下子安静了许多，很不习惯，我和齐宏就开始谈论起她来。

潮州男孩

杂志社给我们租了一个大套间，四房一厅，在顺德容奇商务中心区，繁华地段。除了我是单间外，其他六个人就安排在那三个单间里，每两人一间，是单独的席梦思床，家电、家具都还齐备，吃饭，在厨房开火。两个女孩，四个男孩，都是二十出头的年纪，我年长些，黄姐，他们都这么叫。

那时，我时常用镜子照自己的脸，生怕在他们面前露出稚嫩的

气息，我要在必要的时候板着脸，把声音压低，那样也许会有些许的威严吧。二十八岁，年轻的顺德区域经理，啊，跟任何一段快乐的时光一样。是 2002 年，当我再一次去回顾时，萦在心头的只能是时光寥落的忧伤。是一个人走在长长的巷子里，起风了，突如其来的寒冷，竖起衣领，把长长的孤单扔了一地。

每天早上八点半，我开始挨个敲门，年轻人总是贪睡的。我敲得很温柔，轻轻地喊，起床啦，都起床啦，听到这样的呼喊，不起床是粗暴的。有一回，那个潮州的男孩子在睡意中把门打开了，他只穿着内裤，那里勃起得很厉害，把内裤撑得很醒目，晨光洒在他的裸背上，他的身体高大修伟，一个男人，一个完美、有力的男人体呈现在我面前，我顿时感到很不自在，在一瞬间，我意识到自己是一个女子。不是经理，也不是黄姐。我记得那天的早会，我觉得我说的所有的话都很幼稚、可笑，如同一个小姑娘置身于一群男子中间，我有点惊慌失措了。

业务水平一直让我维持着黄姐的尊严，当我逐个带他们去客户那里做采访，最终拿下一笔单时，我才能这样一直黄姐着。我想，保证顺德区域的业务量当然是至关重要的，但是，跟这样的一群年轻人生活在一起，并且由我来管理，这种体验才是我醉心的。

我喜欢为他们做晚餐，除了那个潮州男孩子，我们这几个都是来自湖南、湖北、四川、贵州，吃菜，我们要很辣。他通常辣得满头大汗，前额亮晶晶的，嘴里咝咝地吸气，起身，找杯子倒凉水冲淡口中的辣，那个时候，我们是非常快乐的。我们在饭后讲了自己的家乡、童年，或者初恋。我至今记得他说的，潮汕的女子是天底下最温柔娴淑的，她们维护男人的尊严，即便男人在外面有二奶和情人，她对待她们可以情同姐妹，无怨无悔地照顾那些女人跟丈夫生的孩子，视为己出。我当时听了真是暗暗称奇。

有一段时间，宿舍里出了小偷，几个男孩都反映说丢了钱，实际上，我早就察觉了，但是丢的数目不大，几十块几十块地消失，而整数的百元钞安然未动。这真是个有意思的小偷啊，不贪大，下手不狠，有点怯怯的，却又忍不住常犯……如果查出来，应该是可以教化的。我就这样想着，一直未声张，但还是焦急，我怎么不动声色地把小偷查出来呢？就六个人，这小小的范围，我怀疑任何一个，都会产生罪恶感，他们都是一些多么可爱的年轻人啊。

有一天，潮州男孩告诉我说，小偷是一个女孩子。我惊奇地问他是否亲眼所见。他告诉我说，据他观察，我们这几个人都有锁门的习惯，但女生那间是从来不锁的。这就表明小偷知道只有自己偷东西，其他人都是可靠的，所以她不锁门。我觉得这个说法太没有说服力了，叫他不要声张，小心冤枉好人。但是，我还是很惊讶他的观察力。他说黄姐，我一定会亲手捉住那个小偷的。我笑了笑。不久，我的夏奈尔香水不见了，我也断定，小偷是女孩。两个女孩子，一个湖南妹很标致，另一个贵州女孩，她黑而糙。

潮州男孩是个靓仔，中山大学毕业，家境不错，是很讨女孩子喜欢的类型。他追求那个漂亮的湖南女孩，湖南妹家境寒微，冰雪聪明的一个人，做业务我只略略一点，她就通了，小小年纪，遇事沉稳，言谈里藏着大的志向，这是一个对赚钱有着很大热情的女孩子。潮州男孩的追求，她不为所动，但她赴他的约，吃他请的饭，拿他送的礼物。她的冷，让他真的消沉下去了。

有一个晚上，他请我在外面喝酒，伤心地跟我说，他爱上了一个

小偷,问我怎么办?我一下子就懵了,他说,他早就知道她是那个小偷,但就是爱上她了,劝了她很多次,叫她改,可是她……她的心气可高了,眼睛就盯着那些有钱的老板。可怜的潮州仔,他跟我说,黄姐,你不要炒她……你就跟大家说,我是那个小偷……

这样悲情的故事,我不知所措。我如何能跟大家去这样说呢?事情就这样拖着,慢慢地,不再有人丢钱了,慢慢地,湖南女孩跟他走在了一起。半年后,他俩一起辞职,湖南女孩临走时跟我说,感谢黄姐,感谢那个他,说完泪如雨下。

黄　玲

报社主编领进一个女孩子,说这是新来的记者黄玲。一问,还是湖北老乡,刚毕业的。她看上去瘦弱,有一双很明亮的大眼睛,额头亮晶晶的,但还算文文静静,背着沉重的双肩包,一看就是在城市里长大,是妈妈的宝贝疙瘩那种有些娇气的女孩子。她冲我笑,用手撸了撸耳后的头发,然后点头对我说,你好。这画面一下子切到了黄石,那个我们亲爱的城市,该有多少这样的女孩子啊,她这么瘦,离开了妈妈,一个人在外面打工,怜惜的情感一下子涌上来。

果然是年轻,在我看来,黄玲身上新鲜的东西真多。我喜欢年轻人带给我的这种气息。这样的打量和参照,让我看到自己处在时代的位置。晚餐是我做的,她揭开砂锅盖子,看到我们湖北的排骨藕汤,她发出了欣喜的喊叫,舀了汤尝,自语道:很像是我妈妈做的。

跟她去专卖店买衣服,付了钱,但店子里放着卡朋特的《yesterday once more》，很舒缓的旋律，我拿起包说，走吧。但她站着未动，闭着眼做陶醉状；听完这首歌吧，很快的。我一下子就理解了她所认为的"美"，陪她把歌听完。啊，两分钟吧。经过士多店，我们买了饮料、零食、冰棒，这是为晚上看碟准备的。回宿舍，要经过楼下房东的士多店，她突然站住，说，黄姐（我和她在吃着冰棒），我们拿着这些东西在房东太太的眼皮底下经过——

是，这太不好了，怎么办呢，她有士多店，可咱竟不在她店买，毕竟房东太太是一个很热情的人，这确实是不太好，那——"我们绕着从后门回宿舍吧"，她说，只是多走几十米而已。

南方的初夏，周日，天气晴好，把被套、床单拆下拿去洗。得收起来了，把它们折好平整地放在满是樟脑味的木柜里。实在喜欢把阳光都藏在木柜的感觉。这些东西浸湿后，像魔鬼一样重。黄玲根本玩不转，就浸在桶里。我已换上竹垫和芦席了。竹垫铺床上，芦席铺地上。采访回来，要是热，我就打开后门，让风自己吹进来，我坐在席上折衣服，缝扣子，或者看一回《浮生六记》。黄玲敲门，她浸在桶里的被套有半天工夫了，一汪浑浊的水，棉的，有点褪色。她怎么也拽不动它们，要想汰干净那些洗衣粉，只怕要哭了。看她那两条可怜的胳膊肘，我很是心疼。于是两个人，一人拽一头，才把浊水拧干净。

拿到外面的绳子上晾，她翻来覆去地找，我问她找什么，她说，被套上有两处鸡蛋大的经血斑，这次没用手搓，只怕没有洗干净啊，要是没有把那两块洗干净，就是白忙活了。我笑得蹲下来捂着肚子。她脸都红了。我想起她昨儿跟主编争论一篇稿子算不算新闻，也是这般红着脸，她年少得一根筋，较真，执著，认理不认人。黄玲

她不知道，在东莞一个镇级的报纸，很多时候发稿子，并不是看它是否具备新闻性。看她那样，我隐隐地担心，她身上的角，依然锋利，我似乎看到了很多年前自己的影子。黄玲，她将来也会像我这样，对生活，对命运妥协吗？会像我一样成为一个沉默而无趣的人吗？就像我们俩刚刚看的那个碟《海上钢琴师》，我就像主角1900那样，对未来无法预知的生活感到畏惧。黄玲跟我热烈地讨论，是的，我们看了很多碟，讨论过很多东西，未知的东西对她来说太有诱惑力了，她喜欢失控，喜欢无法把握那种状态。这是危险的，同时我还是相信她，会收拾好自己的残局，重新刷新另一种生活。昨晚听她咳嗽了，她每咳一下，我的心就抽紧一下，我想，要是她亲生的娘听见了，一定会很心疼的。我想着她有时就赖在我床上不肯走，她就那样喜欢粘着我。分明是一个孩子啊！

黄玲终于为了一个新闻的发稿问题跟主编大吵了一架，吵完，她愤然提出辞职。我在外面采访赶回，事情已经无法挽回了，我不再说什么。走的那天，她哭了。我像一个母亲那样说了很多唠叨的话，我很难受，因为我很担心，她那样的性格，她行事的方式一定会再次受挫的。如果我在她身边，如果我能一直在她身边，如果……

江西男孩

那间房空了一个月没租出去，隔壁间的小越噘着嘴埋怨房租摊高了，她催我叫房东打广告，赶紧把那间空的租出去。房东在小区附近贴了很多牛皮癣，但没有效果。我只好在网上发了个信息。很快,有一个男孩打电话来说想看房子。他看了后很满意——他结实地看了我和小越几眼,我和小越还算中看吧。我感觉到,他的满意,应该包含了这个成分。

房子租出去了,小越很高兴,说是要迎接新来的邻居,大家一起吃个饭。楼下的毛家饭馆,三个人,淡淡的交情,吃饭,介绍着自己的籍贯,从哪里来,从事什么职业……啊,这样的光景,在我六年的流浪生涯中,出现过太多次了。更多的时候,我们来不及温暖对方,就匆匆离去,石沉大海。漂泊的人,聚散讲的是一个随缘。

他是一家大公司人力资源部经理的助手,二十七岁,江西人,黑黑的,样子挺时尚,发胶把头发弄得像刺猬似的竖在头上,小山眉很浓,微微的肿眼泡,未开口说话,嘴角先就有了笑意,挺友好的,但同时也看出这个人藏着狡黠的一面。江西人似乎很饿,他先是快速吃完了一碗饭,然后又盛了一大碗,把那盘腌萝卜角炒腊肉吃个精光,最后还喝尽了土鸡炖板栗的罐汤。"他把汤料吃得连渣子都没剩……"小越趁他上洗手间,对我挤了个鬼脸。看一个胃口极好的人吃饭真是一种享受,什么叫大快朵颐,什么叫饕餮,那真叫一个痛快,这样的痛快,还是让人窥见了某种兽性的东西,我隐隐地感觉到了。单是他抢着买的,还说了一大堆以后在生活上要我们多关照这类的客套话。

谁见过如此壮观的场面呢?楼顶长长的晾衣竿上同时晾着七条内裤和七双棉袜。江西男孩每周洗一次内裤和臭袜子,他先是把它们混在一起扔进桶里用洗衣粉浸一夜,然后用手一搅,再用清水漂两次就捏起来晾。总是阳光很好的中午,我们几个在楼顶碰头,风吹着晾着的衣服,一摆一摆的,仿佛在说话。男孩对我们的胸罩

十分感兴趣,他凑过脸来看,啊,你们全都穿海绵的,你们全都做假……

一个成年男子的生活是丰富的。江西男孩在周末总会带几个朋友来宿舍玩,男的女的都有,开着音乐,大声喧哗,我有些反感,但还是没说什么。小越回来得晚,她回来时,他们也慢慢平息了。有一回,他敲我的门,问我打不打麻将,说是差一个人,让我陪一下。我正想拒绝,想说很累了。但他却抢着说,他的朋友很想打,还是陪一下吧,拜托了。

是他的两个同事,一男一女。女的我认出来了,她常来这里过夜,应该是江西男孩的女朋友中的一个,我记得还有另一个女孩子也来这里过夜。她的眼睛毫不客气地打量着我,又看了看江西男孩,半开玩笑地,却又不乏酸酸地说,你可真有艳福啊,跟两个美女住一起。江西男孩向我介绍他的同事,业务部经理。我这才转过脸来看清那一个男子,他生得俊朗,却有一股傲慢的表情,理着很短的板寸,目光犀利,右手拇指和食指掐着烟蒂,手肘支在桌上,他的鼻孔翕合着,有淡淡的烟冒出,眼睛有些放肆地看着我。我向他点头问好,他礼貌地回应。低头下去打牌,我依然能感到他灼人的目光。我赢得一塌糊涂,十二点半,我提出不打了,要回房睡觉。江西男孩突然跟了进来,他问,我能否考虑今晚陪陪他的业务经理,我正视着他的眼睛,平静地,一字一句地、狠狠地跟他说,我不愿意。关了门,反锁上,我不害怕什么,可是因为厌恶,我使劲地把门推紧,仿佛这样能使自己跟他们隔得更远些似的。我想起那个男人,打牌的时候,在意无意地把烟吹到我脸上,他邪邪的眼角余光……我还看见那个女孩子脱了鞋,把脚板伸到他大腿上,脚趾还弯曲着在那上面拱来拱去……

　　江西男孩跟我们一起也有好几个月了吧,他眼里,小越是一个有着隐秘生活的女孩子,她的生活想必是丰富的,符合这个城市青年男女的健康标准。每天回来得很晚,有时是满身酒气地回来,尽管她从不带男人回来,但她的生活是让人产生联想的。这一个呢,几乎是一个死寂的人。她从不在晚上外出,也从不唱歌,一回来就关上房门,谁也不知道她在干什么,好像没男人来找过她吧,是的,没有男人来找过她,她是内向的,怯弱的,穿着打扮土里土气的。唉,她的生活太贫乏了。她真可怜。

　　他也是出于同情和怜悯,这样一个可怜的、没有男人垂青的女人居然拒绝了这件事,他想不出是出于什么理由。他怎么也不可能了解,这个可怜的女人有着一个多么强大的内心和强悍的意志。她无视于当下城市男女生活的所谓"健康标准"。

　　塞壬,作家,现居广东东莞。主要著作有散文集《下落不明的生活》。

悲伤,不悲伤

沙 戈

楼下院里有人过世了。是老人。

我躺在床上,听见喧闹吵嚷的声音,已经深夜 12 点了,传来划拳喝酒的吆喝。我断定,是有人过世了。

冬季,是生命走向死亡的旺季,尤其是老人,他们在刚刚立冬时就开始消逝,像那些年迈弯曲的枯树,熬不过寒冬。随着寒流一股一股袭来,扫荡生命的速率也开始加剧。

我在这所院子住了十几年了,十几年前见到的老人,现在已经所剩无几了,他们大都是在冬季离开这个世界的。两个亡者同时离开,两家人同时操办丧事,也是见过的。

院子里的声音更大了,声响的内容也更加繁杂。有安排搭灵棚设灵台的指挥声,有砌炉子和泥的搅拌声,有来回跑动慌慌张张的脚步声,听上去热热闹闹。以前,我会趴在卧室窗子上,看看是否真的有人去世了。我看到一个军绿色的帆布大棚，方方正正地支在院子里，几只大号灯泡通明地点起来了，院子被全部照亮，大篷里空空荡荡的，还没有一个花圈，那是第二天才会有的。我看了一会，觉得冷，就躺下了。

现在，我不用起来，我用听力就可以判断，的确有人离开了。

我靠在床头，继续读那本随笔集，它还没有读完。我是第二遍读这本随笔集，大概两年前读过一次。我挑着一篇一篇地看，对哪一篇的标题感兴趣，就看哪一篇。被我挑中的篇目，几乎没有一篇读后让我失望，还有一种久违了的好感！用这样的方法读书，尤其是读随笔，真是享受！

合上书本，院子里传来响声，我知道，空心铁架已经立起来了。那些拳头大的"纽扣"，像冬夜里许多皲裂的黑手，将几丈长的空心铁管在纵横交错处紧紧捏住。刚才，咣啷咣啷往地上抛掷金属铁管时，我正在读一篇文字的结尾，我没有被响声打断，我顺利地读完了，完完整整把别人的文字吸进我的骨髓。

没有被另一件惊心动魄的事所打断，这是我从前没有的定力。人的内心生长了屏障，就生长了隔绝和通融。我也有些惊讶。

放下书，对于死亡，我竟如此平淡，我心里没有发出前几年的一声慨叹：噢！有人没了！然后一整夜都不能入眠，稍一迷糊就做一些惊恐的梦。现在，我一点也不张皇，也不感叹，还是继续懒散在自己的困倦中。

对于死亡的淡漠，是我对这个世界有了不同的认识，还是已经麻木了？

我该睡了。我的生物钟依然使我白天清醒夜晚困倦。我只能

做个凡人。可是，楼下那些声音打断了我的钟表，指针慌乱起来，滴滴答答踩不上节拍。

有人大声喊："砌炉子的，手底下快些！想把老子冻死？"

"老哥，泥巴还湿着，一下点不着啊！"

凌晨一点三十分。室外的温度已经下降到零下五度。我每天关注的是最低温度，对高温不太在意。低温是发出命令的手：该不该出门，去多远的地方，穿什么大衣，围不围围巾，感冒或者发烧，发烧要去输液，烧得糊里糊涂，物理降温，哼哼唧唧……

低温，还能拿走一个人的性命！就在今夜，在这个零下五度的西北，一幢普通的七层住宅楼里，一个老人，扭不过低温压下来的手腕，在它面前缴械投降了。不久后，气温还会继续下降，零下十度，零下十五度，将会有更多的寒冷的手压下来，更多的人默默投降。

两点，划拳的声音炸响了黑夜。刚砌的炉子已经烘干了，火苗也蓝蓝的燃了上来，他们围着炉火开始喝酒。

这些连夜赶来帮忙的人，有的是逝者的远房亲戚，有的是逝者子女的哥们弟兄。有句俗语：为哈朋友做啥呢？红白喜事帮忙呢。意思是说，一个人那么多年为人交朋友是为了什么，就是为了在红白喜事上帮忙撑面子呢！

为人交友的目的简单又明确，活着的意义也就简单明确了，红喜与白喜，生和死，两件大事，人们为此忙碌一生。

他们把酒烫热了，围了一圈。一个人开始打关。他挨个和所有的人划拳，输者多喝，赢者少喝。遇到有人耍赖或推托，就吵嚷起来，要争出个子丑寅卯："喝掉！""不喝！""不喝我灌了！""来！你试一哈！"

满院子的喊声乱糟糟的像打架一样，其实不是，其实他们不会真打起来，他们是为了营造气氛，营造一种人气很旺、子孙后代很繁茂的气氛。周围等着应关的人呵呵笑着，看着那两个人拉拉拽拽，推杯换盏，兴趣盎然。

此时，逝者独自躺在医院冰冷的太平间里，不知道外面发生的事，不知道他家院子已经来了很多人，热热闹闹摆开阵势，因为他，要大办一场体面的"白喜"。

这些"聚集人气"的人不必蹑手蹑脚，悄无声息，他们可以放宽心了折腾！绝不会有人因为邻里的丧事搅扰了他的睡眠而报警，或出来干涉。

整个楼群异常安静，每家窗口早就熄了灯，像是都进入了睡眠。但是我知道，没有人睡得着，这样的响动根本不可能入睡，他们和我一样，关了灯，躺着，望着黑夜，发呆。

这时，楼上的一个窗户里传出几声嚎啕，是女人的声音，应该是逝者的近亲。他们是悲伤的。一位哲学家说："死亡并非死者的不幸，不幸的是生者。"生者坐在家里，眼睛红肿，呆呆地望着白墙，听着院子里的笑骂猜拳，心里抽搐了一下，像一根针挑手指尖的刺一样。他们的耳朵使劲阻挡着那些声音，但万籁俱静的夜里，这声音像一把把利剑，刺破了每个人的耳鼓。可是，这些真正悲伤的亲人，还是不会克制不住地冲出去制止："别闹了！我家死人了！"他们极力抑制着自己，这是规矩，是风俗，风俗就是古上传下来的定律，定律就不能轻易改变，况且，那些人都是热心来帮忙的，在冷风嗖嗖的夜里冻一个通宵，他们应该感激才对。亲人悲愤的眼光只闪动了一下，就立即幻化成感激的眼神。我敢断定，这是人类自行转化思维速度最迅捷的一种！

　　第二天,开始有花圈了。那些冰凉的花瓣,被细细的铁丝拧在竹竿上。铁丝躲藏在花瓣后面,一圈一圈的,是人的手留下来的骨刺,刺痛逝者的灵魂。逝去的人已经忘却疼痛,这个上午,那些骨刺从城市的各个角落涌来,围在院子里。逝者躺在太平间,面部仍留有疼痛扭曲的表情,但他也是沉默的。他在等待。

　　帆布大棚里已经摆上了逝者的相片,一张放大了的壮年正面照,微微带笑,英武强悍。这就是逝者的样子,是逝者二十年前的样子,不是他现在的模样,他现在早就不是相片上的样子了,已经脱了人形,没几斤肉了。

　　人们给一张壮年的相片烧香,燃纸钱,然后走到相片旁边记账先生处搭礼金。人们依次冲着相片鞠躬、作揖、磕头,守灵亲人此刻要放声嚎啕。声音突然传出来,震天动地,压倒了马路上疾驶的车辆声和附近工地搅拌水泥的机器轰鸣声。亲人们哭着,嘴里还不断地埋怨、指责、数落着,好像这个人死了都是他的错,是他撇下亲人享清福去了。

　　吊唁的人行完礼,一转身,哭声就戛然而止,像开关一样。

　　一整天,我听见无数次机械的哭喊。下午,哭喊声已经很干燥很无力,软绵绵的低哀着。葬礼司仪命这班人退下去休息,换上一班新的。新人一上来,哭喊声立马脆亮起来!

　　我下楼去超市,走到楼口,花圈已经立着摆成了两层,开始往院门外伸展了。最边沿的一个花圈有些特别,没有两串写着"×××大人千古"的挽联,光秃秃的,只在花圈中心贴着一张小纸条,我走近细看,三个字:售花圈。下方有一溜黑黑的电话号码。

这个花圈混在真正的花圈里,却不是真正的花圈,它很"行为艺术",也很"非人类"。我佩服售花圈者的聪慧和谋略。世间任何一个微小的缝隙都能闪出亮光。这就是世界。就是人类。就是有人死了,有人要生。

第三天,天还没亮,动静忽然大了起来。出殡的时刻到了!

葬礼司仪高声吆喝着,猛劲拍打着寿材(逝者已经被连夜拉回家,入了殓)嘭!嘭嘭!意思是说:行了,走吧,上路了!他大喝一声:"起——"寿材抬起来了。接着就听到摔瓦罐的声音。头顶瓦罐的大孝子将它摔得粉碎,要告诉死者,听到了吧,我们送你出发了。

这时候,后面跟随的子女开始齐声大哭。这回亲人真的要走了,真的要永远离开他们到另外一个世界去了。他们嚎叫着。这最后一次嚎啕的机会,值得珍惜。谁若是还把悲伤埋在心底,不发出响动,那他最为不孝。有个女人扑上去,拉住棺材不让走,哭着哭着昏厥过去,软塌塌地倒下了,她两边正嚎啕着的人突然住了声,把她架起来,然后又一起嚎。

高高扬起的幡为死者扬起了招魂的旗帜。打幡的地方响起了鞭炮,激烈地炸裂着,逝者吓了一跳:又不是过年,怎么放炮了?我都死了,还满世界嚷嚷,怕别人不知道?

可是,逝者已经起不来了,也说不出一句话,他是此刻这个世界唯一一个最顺从的人。

这个最顺从的人听不见也看不见人们的悲伤和嬉闹,更抓不住自己的内心,他已经灵魂出窍,开始往远处飘飞。谁又能知道他此时的心思呢,谁要是能说出一个灵魂的心里话,他一定是个大师。

　　我认识一个葬礼司仪,他每年应邀主持好几十场葬礼。他的懂民风、好讲究、阴阳两界皆通、口才好、嗓音亮远近闻名。他曾说,我就清楚那些闭了眼的人想的啥,我能把死人心里的话说出来。每次,他在起灵的时刻都要替逝者发布一番事宜,所有的人在他脚下匍匐着,三拜九叩。

　　后来,他说:干了这个也会上瘾,时间久没有人请还真着急,六神无主的,怎么还不死人? 怎么还不死人?

　　夏天了,他很无聊,就去主持婚礼。这是葬礼的淡季。他的主持风格诙谐幽默,他的热情感染了所有人,博得满堂彩(我参加过他主持的婚礼),一对新人一边喝交杯酒一边悄悄念叨:这人谁介绍来的,真棒哎!

　　这个人穿梭在红白喜事中间,如鱼得水,满面红光,眼睛缝里都露着笑意。一天,好好的在路上走,一辆卡车冲上人行道,像瞄准了他似的。一滴血都没出,人完完整整的,没拉到医院就咽了气。那个司机开着卡车在人间消失了。

　　有人说,他冲喜了,老天爷收他去了。

　　我不知道老天爷在哪里,有没有眼睛,我只知道,它把这样的人收走了,世间就少了一个能互通阴阳的大师。

　　他在另一个世界见到了被他送去的每一个亡人,他很厌烦他们,他一辈子都不想和这些人打照面,可他满眼看到的都是那些冰冷的面孔。

　　沙戈,诗人,现居北京。主要著作有诗集《梦中人》、《沙戈诗选》等。